ULISSES TAVARES

Ilustrações
NILL

# Só não venha de calça branca

A cãografia autorizada de Tutty Antônio

Copyright © Ulisses Tavares, 1999

*Editora*: CLAUDIA ABELING-SZABO
*Assistente editorial*: NAIR HITOMI KAYO
*Suplemento de trabalho*: LUIZ ANTONIO AGUIAR
*Coordenação de revisão*: PEDRO CUNHA JR. E
LILIAN SEMENICHIN
*Edição de arte*: NAIR DE MEDEIROS BARBOSA
*Supervisão de arte*: VAGNER CASTRO DOS SANTOS
*Diagramação*: MARCOS ZOLEZI
*Produção gráfica*: ROGÉRIO STRELCIUC
*Impressão e acabamento*:

---

Dados Internacionais de Catalogação na Publicação (CIP)
(Câmara Brasileira do Livro, SP, Brasil)

Tavares, Ulisses
  Só não venha de calça branca : cãografia
autorizada de Tutty Antônio / Ulisses Tavares ;
ilustrações Nill. — São Paulo: Saraiva, 1999. —
(Jabuti)

  ISBN 978-85-02-02831-9

  1. Literatura infantojuvenil I. Nill. II. Título. III. Série.

99-0208                                    CDD-028.5

  Índices para catálogo sistemático:
  1. Literatura infanto   028.5
  2. Literatura infantojuvenil   028.5

---

7ª tiragem, 2017

Direitos reservados à
SARAIVA Educação S.A.
Avenida das Nações Unidas, 7.221 – Pinheiros
CEP 05425-902 – São Paulo – SP
www.editorasaraiva.com.br

Tel.: (0xx11) 4003-3061
atendimento@aticascipione.com.br

Todos os direitos reservados.
CL: 810142
CAE: 603343

IMPRESSÃO E ACABAMENTO: PSI7

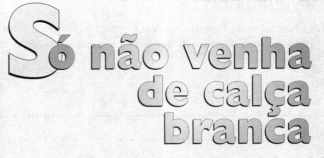

## ULISSES TAVARES

### Apreciando a Leitura

### ■ Bate-papo inicial

Tutty Antônio, um cachorro da raça english springer spaniel, é muito especial. Nestas páginas, ele abre seu coração para contar como é a vida de cachorro. Como bom observador e metido a filósofo, ele vai discorrendo sobre suas manias, suas brincadeiras, sua vida afetiva. É claro que não poderia deixar de falar sobre nós, os seres humanos. Tutty acha que somos, de fato, seus melhores amigos, com apenas um problema: demoramos demais para aprender seus truques novos. Tomar conhecimento das ideias e dos sentimentos de Tutty faz a gente ver os cachorros de uma maneira totalmente diferente. É como se eles fossem *quase humanos*, se é que Tutty e seus companheiros caninos tomarão isso como um *elogio*...

# ■ Analisando o texto

**1.** O narrador da história é o cachorro Tutty, que é também o principal personagem. Depois de ler suas impressões e peripécias, como você o descreveria?

R.: _____

_____

_____

**2.** Relendo o final do nosso "bate-papo", você acha que Tutty tomaria ser considerado *quase humano* como um elogio? Por quê?

R.: _____

_____

_____

_____

**3.** Tutty conta o que gosta de fazer, e algumas dessas coisas nos irritam profundamente. Cite dois exemplos.

R.: _____

_____

_____

_____

_____

**4.** "Era tudo elementar, meu caro Watson!" (capítulo "Entre tapas e beijos..."). Essa frase de Tutty é bastante conhecida na literatura policial clássica. A que personagem é atribuída? Quem é Watson? Quem é o autor dos livros em que esses personagens aparecem?

R.: _____

_____

_____

_____

_____

• 2 •

**5.** A todo momento, Tutty faz críticas aos seres humanos. Você pode citar pelo menos duas e dizer o que você, humanamente falando, acha a respeito dessas críticas?

R.: _____

_____

_____

_____

_____

_____

_____

**6.** Tutty apodera-se de provérbios e ditos populares, adaptando-os para o mundo dos cachorros. Entrando no seu jogo, vamos escrever abaixo dos ditados "cachorrais" seu correspondente em "humanês".

a) "Nada como um resto de churrasco atrás do outro."

R.: _____

_____

b) "Quem não tem cão, caça com tênis."

R.: _____

_____

**7.** No capítulo "Conheça a vida animal: case!", Tutty comenta que é um privilegiado por poder comparar a vida de cachorro com a vida dos seres humanos. Segundo ele, por um lado, tem de enfrentar pulgas e banhos, mas, por outro, está livre de políticos, Aids e congestionamentos de trânsito. O que você acha dessa observação? Discorda? Preferia ser cachorro?

R.: _____

_____

_____

_____

# COLEÇÃO JABUTI

Adeus, escola ▼◆📖 ☒
Amazônia
Anjos do mar
Aprendendo a viver ◆⌘■
Aqui dentro há um longe imenso
Artista na ponte num dia de chuva e neblina, O ✱★⊕
Aventura na França
Awankana ✐☆⊕
Baleias não dizem adeus ✱📖⊕○
Bilhetinhos ✪
Blog da Marina, O ⊕✐
Boa de garfo e outros contos ◆✐⌘⊕
Bonequeiro de sucata, O
Borboletas na chuva
Botão grená, O ▼✐
Braçoabraço ▼🄑
Caderno de segredos ❑◎✐📖⊕○
Carrego no peito
Carta do pirata francês, A ✐
Casa de Hans Kunst, A
Cavaleiro das palavras, O ★
Cérbero, o navio do inferno 📖☑⊕
Charadas para qualquer Sherlock
Chico, Edu e o nono ano
Clube dos Leitores de Histórias Tristes ✐
Com o coração do outro lado do mundo ■
Conquista da vida, A
Da matéria dos sonhos 📖☑⊕
De Paris, com amor ❑◎★📖✐⌘⊕
De sonhar também se vive...
Debaixo da ingazeira da praça
Desafio nas missões
Desafios do rebelde, Os
Desprezados F. C.
Deusa da minha rua, A 📖⊕○
Devezenquandário de Leila Rosa Canguçu⇥
Dúvidas, segredos e descobertas
É tudo mentira
Enigma dos chimpanzés, O
Enquanto meu amor não vem ●✐⊕
Escandaloso teatro das virtudes, O ⇥☺

Espelho maldito ▼✐⌘
Estava nascendo o dia em que conheceriam o mar
Estranho doutor Pimenta, O
Face oculta, A
Fantasmas ⊕
Fantasmas da rua do Canto, Os ✐
Firme como boia ▼⊕○
Florestania ✐
Furo de reportagem ❑✪◎📖🄑⊕
Futuro feito à mão
Goleiro Leleta, O ▲
Guerra das sabidas contra os atletas vagais, A ✐
Hipergame ⌖📖⊕
História de Lalo, A ⌘
Histórias do mundo que se foi ▲✐○
Homem que não teimava, O ◎❑✪🄑○
Ilhados
Ingênuo? Nem tanto...
Jeitão da turma, O ✐○
Lelé da Cuca, detetive especial ☑✪
Leo na corda bamba
Lia e o sétimo ano ✐■
Luana Carranca
Machado e Juca ✝▼●✐☑⊕
Mágica para cegos
Mariana e o lobo Mall 📖⊕
Márika e o oitavo ano ■
Marília, mar e ilha 📖✐✐
Matéria de delicadeza ✐✐⊕
Melhores dias virão
Memórias mal-assombradas de um fantasma canhoto
Menino e o mar, O ✐
Miguel e o sexto ano ✐
Miopia e outros contos insólitos
Mistério mora ao lado, O ▼✪
Mochila, A
Motorista que contava assustadoras histórias de amor, O ▼● 📖⊕
Na mesma sintonia ⊕■
Na trilha do mamute ■✐☞⊕
Não se esqueçam da rosa ▲⊕
Nos passos da dança

Oh, Coração!
Passado nas mãos de Sandra, O ▼◎⊕○
Perseguição
Porta a porta ■📖❑◎✐⌘⊕
Porta do meu coração, A ◆🄑
Primeiro amor
Quero ser belo ☑
Redes solidárias ◎▲❑✐🄑⊕
Reportagem mortal
romeu@julieta.com.br ❑📖⌘⊕
Rua 46 ✝❑◎⌘⊕
Sabor de vitória 📖⊕○
Sambas dos corações partidos, Os
Savanas
Segredo de Estado ■☞
Sete casos do detetive Xulé ■
Só entre nós – Abelaroo e Heloísa 📖■
Só não venha de calça branca
Sofia e outros contos ⊛
Sol é testemunha, O
Sorveteria, A
Surpresas da vida
Táli ☺
Tanto faz
Tenemit, a flor de lótus
Tigre na caverna, O
Triângulo de fogo
Última flor de abril, A
Um anarquista no sótão
Um dia de matar! ●
Um e-mail em vermelho
Um sopro de esperança
Um trem para outro (?) mundo ✖
Uma trama perfeita
U'Yara, rainha amazona
Vampíria
Vida no escuro, A
Viva a poesia viva ●❑◎✐📖⊕○
Viver melhor ❑📖◎⊕
Vô, cadê você?
Zero a zero

---

★ Prêmio Altamente Recomendável da FNLIJ
☆ Prêmio Jabuti
✱ Prêmio "João-de-Barro" (MG)
▲ Prêmio Adolfo Aizen - UBE
⌖ Premiado na Bienal Nestlé de Literatura Brasileira
☞ Premiado na França e na Espanha
☺ Finalista do Prêmio Jabuti
🄑 Recomendado pela FNLIJ
✖ Fundo Municipal de Educação - Petrópolis/RJ
✪ Fundação Luís Eduardo Magalhães

● CONAE-SP
⊕ Salão Capixaba-ES
▼ Secretaria Municipal de Educação (RJ)
■ Departamento de Bibliotecas Infantojuvenis da Secretaria Municipal da Cultura/SP
✐ Programa Uma Biblioteca em cada Município
❑ Programa Cantinho de Leitura (GO)
◆ Secretaria de Educação de MG/EJA - Ensino Fundamental
☞ Acervo Básico da FNLIJ
⇥ Selecionado pela FNLIJ para a Feira de Bolonha

✐ Programa Nacional do Livro Didático
📖 Programa Bibliotecas Escolares (MG)
⌖ Programa Nacional de Salas de Leitura
📖 Programa Cantinho de Leitura (MG)
◎ Programa de Bibliotecas das Escolas Estaduais (GO)
✝ Programa Biblioteca do Ensino Médio (PR)
⌘ Secretaria Municipal de Educação/SP
☒ Programa "Fome de Saber", da Faap (SP)
🄑 Secretaria de Educação e Cultura da Bahia
○ Secretaria de Educação e Cultura de Vitória

Para qualquer comunicação sobre a obra, entre em contato

SARAIVA Educação S.A.
Avenida das Nações Unidas, 7.221 – Pinheiros
CEP 05425-902 – São Paulo – SP
www.editorasaraiva.com.br

Tel.: (0xx11) 4003-3061
atendimento@aticascipione.com.br

Escola: ──────────────────────

Nome: ──────────────────────

Ano: ─────────── Número: ───────────

**8.** Tutty e Mia Farrow, de certa forma, convivem pacificamente no dia a dia. Você acha possível essa convivência? Tem alguma experiência com mascotes que possa contar, negando ou reafirmando essa crença na "inimizade natural" de algumas espécies animais?

R.:

**9.** Você tem algum bicho em casa? O que mais gosta nele? Como é a personalidade dele? Se não tem, com que bicho gostaria de conviver? Por quê?

R.:

**10.** No final da história, Tutty, depois de muito criticar os humanos, tem um sonho sobre o papel das pessoas no planeta Terra. Dê sua interpretação sobre o sonho.

R.:

**11.** Se fosse criar um personagem canino, como ele seria? De que raça, cor do pelo, tamanho? Como seria seu jeito de ser?

R.: _____

_____

_____

_____

_____

## Linguagem

**12.** Se você reparou bem, percebeu que Tutty gosta de usar muitos adjetivos para designar uma só situação. Qual o efeito desse recurso? Cite dois exemplos do texto.

R.: _____

_____

_____

_____

_____

_____

_____

_____

**13.** O "Auricão" é uma brincadeira com um dicionário muito utilizado. Qual o seu nome? Aproveitando, amplie o Auricão e invente pelo menos mais duas palavras em "cachorrês", explicando seu significado.

R.: _____

_____

_____

_____

_____

# ■ Redigindo

**14.** No capítulo "Lua de mel a seis", Tutty destaca o poeta Fernando Pessoa e seu poema sobre as pessoas ridículas, que nunca escreveram uma carta de amor. Quem foi Fernando Pessoa? Sob que outros nomes (heterônimos) ele publicou sua obra poética? Localize na sua obra o poema citado acima e transcreva a estrofe de que você mais gostou. Lembre-se de que Maria Bethânia canta esse poema, musicado.

**15.** Releia o capítulo "Ame e dê vexame..." e escreva uma narrativa de ficção científica sobre o ser humano no planeta Terra, em perfeita integração com os seus semelhantes e com a natureza.

*Para*
*Ulisses Tavares Filho, filhote mais amado.*
*Claudia Viola, musa com* pedigree.
*E para Paula e Ísis Valéria e Virginia Galante*
*e Ghandula e Connie Harrison e Helena Flauzino*
*e Paulo de Tarso e Regina e Décio, da* Tribo
*da boa matilha humana.*

# 1

## Entre tapas e beijos, correrias e pelos

Oi, gente!, ou melhor dizendo: Au, au, gente!

Para ninguém pensar que eu não sou educado, e que não aprendi ainda nem a fazer xixi num lugar só, vou logo me apresentando:

Meu nome é Tutty por parte de pai e Antônio por parte de mãe. Pai e mãe humanos, claro, porque meu pai cachorro eu nunca vi e minha mãe cadela, só no primeiro mês.

Vida canina é assim mesmo. Mal se começa a desgrudar das tetas da mãe e já vem alguém nos levar para outra casa, outro lugar.

Ainda mais no meu caso, um english springer spaniel muito bonitinho e muito espertinho. Para vocês terem uma ideia, eu sou tão esperto (safadinho, diziam alguns lá no canil, mas isso é inveja pura) que nem bem andava sobre as quatro patinhas e já mamava mais que meus três irmãozinhos. Em geral, mamalmoçava e mamajantava em dobro. O truque era dar uma mordidinha no rabo de algum irmãozinho que estivesse pendurado na tetinha ao lado. Ele ficava lambendo o rabinho e eu, crau!, avançava na torneirinha de leite que ficava livre.

Esse é um truque que nunca vi nenhum filhote de gente fazer, o que prova nossa superioridade sobre a raça de duas patas. Ou, no mínimo, que faltam dentes nos bebês e algumas tetinhas a mais nas mamães.

E, de qualquer maneira, humanos demoram muito mesmo para serem amestrados em truques novos. Coisa que já sei desde cedo. Por exemplo: levei um tempão

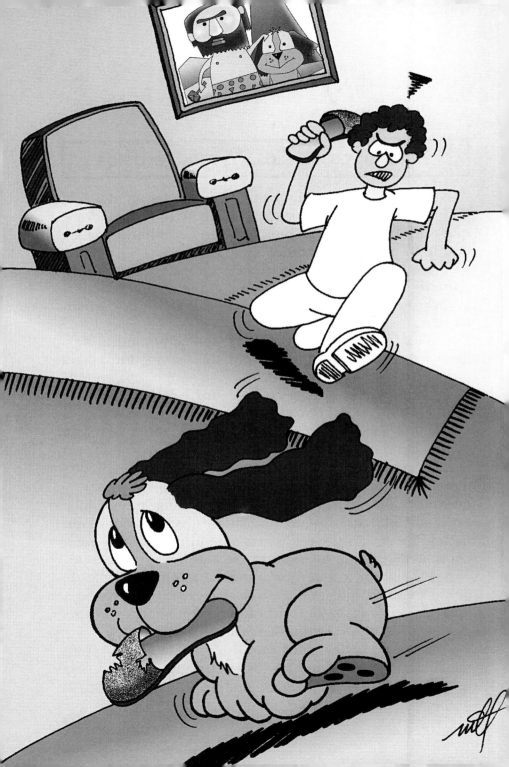

para ensinar o meu dono a não largar chinelos e sapatos espalhados pela casa.

Apesar de estar careca de saber (opa, desculpem, hoje em dia meu dono detesta lembrar que está ficando careca, enquanto eu tenho cada vez mais pelos!) que cachorrinhos e chinelos são atraídos como ímãs há milhares de anos, meu dono, o Pedrinho, insiste em deixar esses objetos de desejo, essas tentações dando sopa.

E tem sido uma correria danada (eu com o chinelo na boca, ele atrás de nós dois, eu e o chinelo) mostrar para ele como se comportar. Já pensei em desistir de dar essa lição para ele, até porque ele fica bravo que só vendo, mas, de repente, acontece: ele tira o chinelo, põe o sapato, ou vice-versa, e está pronto para sair numa boa, quando eu, num impulso, resolvo tentar o treinamento mais uma vez. Voo (eu normalmente corro atrás do que me atrai, mas quando se trata de ossos e chinelos eu voo) e abocanho o dito cujo, saindo em disparada com o Pedrinho na minha cola.

Como ele é muito cabeça-dura, até agora só aprendeu a primeira parte, que é correr atrás de mim para recuperar o chinelo ou o sapato antes que eu transforme o sapato em chinelo e o chinelo em sola. A segunda parte da lição, a mais importante, que é me deixar em paz com meu troféu, isso acho que é demais para a cabeça dele.

Tem outras limitações também o Pedrinho, como sua imensa dificuldade em latir de modo que todos os cães entendam. Bem que ele estuda e se esforça, mas, embora domine todas as letras do alfabeto, as duas fundamentais do falar cachorral ele não domina de jeito algum: a A e a U. Até já pensei em lhe dar um dicionário ótimo, o *Auricão*, de presente de aniversário.

Mesmo com esses defeitos, eu adoro o Pedrinho. Ele é um ótimo pai, apesar da pouca idade e pouca experiência no assunto. Parece que, aos 15 anos, os meninos descobrem sua vocação para serem pais, mas só de cachorros.

Tenho observado que as meninas dessa idade já são mais espertas e até sonham em ter filhotes, mais pra frente. Peculiaridades da raça.

Vocês já devem ter reparado que sou muito observador e que gosto de filosofar sobre a condição desses seres que caminham com as duas patas, quando seria muito mais confortável usarem também as duas de cima (cachorro não perde o equilíbrio nem quando está bêbado, o que, convenhamos, nunca vai acontecer, pois entre nossas inúmeras qualidades está também a de nunca beber); esses seres, contava eu antes de ser interrompido por mim mesmo, são os melhores amigos dos homm, ôps!, cães.

Quem um dia der uma de Indiana Jones e for pesquisar a vida dos homens das cavernas, vai achar vários sinais dessa amizade: nos desenhos das paredes, o que mais tem são cenas de caça aos bichos da época. Podem notar que o bisão corre do homem, o rinoceronte corre do homem, o cervo corre do homem. Já o cachorro, ulalá!, corre atrás dos bichos, caçando com o homem. E depois roem os ossinhos da caçada, que ninguém é de ferro.

Bem depois, quando vários bichos nem estavam mais na Terra para contar a história, lá estava o homem e, adivinhem quem?, o cachorro, *of course*. Na Roma Antiga, os homens até atiravam outros homens (uma história complicada de uns castigarem outros que não acreditavam no mesmo Deus, como se não fôssemos todos filhotes, filhos, o que seja, de Deus) aos bichos selvagens, mas o cachorro ficava lá, na arquibancada, mansinho, mansinho.

Quadros da Idade Média então, nem se fala. O que mais dá são pinturas de homens fazendo as coisas deles, e de cachorros fazendo as coisas nossas (quase sempre as mais nobres: comer, passear, fazer festinha e dormir, que tudo isso é o recheio da arte de viver, o resto é discutível).

Quando chega a Renascença — e olha que estou pulando séculos e séculos, mas isto afinal é um livro e não uma enciclopédia! —, nos castelos havia príncipes, princesas e... cachorros; nos campos havia camponeses e... cachorros; nos navios, marujos e... cachorros. O homem aprimorava seus conhecimentos de amor e guerra, enquanto nós, os cães, lutávamos apenas pelo osso nosso de cada dia.

Nos dias atuais, nem preciso esclarecer. Programas de televisão, revistas, *sites* na Internet, clubes, filmes, tudo dedicado especialmente a mostrar nossa graça, alegria e beleza, para legiões de fãs. Se bem que insistem — hoje nos filmes, como ontem nas fábulas — em colocar em nossas bocas palavras que nunca dissemos, pensamentos que nunca tivemos e, o que mais nos chateia, hábitos e vícios que nunca tivemos. Já botaram até cachorro vestido de terno e de vestidinho, imaginem que coisa mais ridícula. Cachorro andando de moto, de *skate*, apertando botão de elevador, discutindo negócios e — isso eu vi e não tem perdão — uns primos nossos, os lobos, virando lobisomens em noites de lua cheia.

Tudo bem que, nesse caso, se trata de um ramo bem pouco evoluído, cães que ainda não descobriram os prazeres da vida moderna e se mantêm ao longo do tempo distantes dos *pet shops* e veterinários; mesmo assim, é inadmissível que um dos nossos possa desejar se transformar em gente. Qualquer filhotinho de poodle toy (menor que um palmo) sabe que só imitamos as pessoas para que elas fiquem contentes, e alguns dos nossos fingem tão perfeitamente que acabam achando que isso é verdade. Pura camaradagem, coisa de amigo, mentirinha sem maiores consequências.

Minha teoria é que essas tentativas continuadas dos humanos em atribuir virtudes e porcarias próprias da raça aos pacíficos cachorros não passa de um sinal de fraqueza. Ou seja, como o homem sabe que nunca chegará a ser o rei da criação como nós somos, porque isso vem do berço, tudo que lhe resta é fazer de conta que seu cachorro também é gente. E a gente cachorral consente nessa farsa, porque também não custa nada. Afinal, a vida é curta e não há nada como um resto de churrasco depois do outro, como dizia meu avô, que também não conheci, diga-se de passagem, mas que, com certeza, diria algo parecido se fosse consultado. Ou a expressão certa seria "um poste atrás do outro"?

Apenas para não parecer pedante, porque todo mundo sabe como sou modesto — e para quem não sabe, que fique sabendo, me orgulho mais que todos em ser modesto, o mais orgulhoso dos modestos —, devo encerrar esta pequena viagem no tempo, lembrando de outros animais que também vêm compartilhando com o homem sua existência.

Os cavalos, em primeiro lugar. Homens gostam de cavalos, sem dúvida, o que não os impede de montar em cima deles e meter-lhes a espora no lombo.

De bicho também, o rigor histórico exige, podemos citar os gatos. Homens (mulheres um pouco mais) gostam de gatos, mas, como a recíproca parece não ser verdadeira (é célebre a independência dos gatos e seu apego à casa, aos móveis, à preguiça e, se houver tempo e espaço, ao dono, nesta ordem), os gatos não se equiparam ao festival de carinho e intimidade entre um cão e um humano.

Sei que alguns colegas irão me criticar (podem até rosnar de desagrado, é natural) por gastar tantas linhas para falar de gatos, mas sou um cachorro democrático e, cá entre nós, não tenho nada contra os gatos especificamente, desde que eles permaneçam em seus devidos lugares — em cima do telhado, da árvore — e, principalmente, não inventem de ficar gemendo como condenados atrás das gatas.

Aliás, se me permitem, já está mais que na hora de alguém ensinar aos gatos que não é assim que se paqueram as gatinhas. Poderiam inovar imitando os humanos (que, em geral, não sobem nos telhados), ou a nós mesmos, que nunca nos aproximamos de uma dama de um jeito tão escandaloso, sem antes cheirar educadamente seu fiofó.

Enfim, não estou aqui para criticar nem gatos nem ratos (aliás, esse é outro aspecto degradante dos gatos, impossível de entender: se limpam tanto, tão asseados e adoram comer um troço sujo como rato, argh!); a minha missão é mais agradável: contar a vocês passagens da minha vida.

E é isso o que vou fazer logo mais. É só o tempo de ir comer uma raçãozinha que o Pedrinho acabou de colocar para mim e já volto.

# 2

## O dia em que fiquei famoso sem querer, querendo

Burp! Desculpem o arroto, mas a boia hoje estava ótima. Tem cachorrinho luxento que só come se tiver arroz na mesa, outros que preferem um franguinho macio, um pedacinho de carne e por aí vai. Eu não. Apesar do *pedigree*, nasci com estômago de vira-lata. Bota a comida no chão, que o chão está posto. Põe uma vez, eu traço; põe duas, eu mando ver; e se puser a terceira, não vou fazer a desfeita de recusar.

Quando era menorzinho, uma vez o Pedrinho me levou para a casa da avó dele.

Antes de sair, me alimentou com comida de verdade, não esse MacDonalds canino que é a ração industrializada, um troço que alimenta, mas tem sempre o mesmo gosto de coisa sem gosto. Me lembro nitidamente: arroz soltinho, cenoura picadinha e carne moída. Slép! Slép! Não deixei sobrar um grãozinho. Minto. Sobrou um pendurado num fio do meu bigode, que escorregou para minha boca no caminho.

Só que a avó do Pedrinho não sabia que eu já havia comido. E, quando ele teve de sair para encontrar uns amigos do prédio, me deixou sozinho com ela. A avó entrou numas de avó, vocês sabem: muito cafuné, meu lindinho pra cá, meu fofinho pra lá, e dá-lhe comida, porque está tão magrinho, coitado, esse Pedrinho deixa você sem comida, né, doçura?, e eu só concordando com o rabinho e dando a maior força para ela no seu empenho em me alimentar para eu crescer forte e sadio.

Sei que comi tanto na casa da avó que, se o Pedrinho me esquecesse por lá uma temporada, eu ia crescer forte e sadio, mesmo. Para os lados. Uma bola. Mais alguns dias de restaurante da avó e eu virava o Jô Soares dos springers.

Antes que eu estourasse (porque arrebentar o balão de tanta comilança eu já havia feito), o Pedrinho me salvou da avó (do ponto de vista dele; do meu, ele não passava de um estraga prazeres) e me levou de volta.

Aí aconteceu um milagre que me fez acreditar definitivamente em São Francisco protetor dos animais, em anjo Beltz guardião dos irracionais, em Papai Noel antes do Natal, em elfos, duendes, fadas, gnomos e toda tribo em que os humanos precisam acreditar, já que em geral não conseguem acreditar em si mesmos. Os portões do céu se abriram e despejaram em meu comedouro de lata o maná divino de pedacinhos de contrafilé. Tudo isso pelas mãos da mãe de Pedrinho, Dona Genoveva, uma santa mulher que, enquanto Pedrinho tomava seu banho, olhou para minha cara e leu nos meus olhinhos que eu estava morrendo de fome. Eu não estava, acho, mas já disse que nunca fui de fazer desfeita diante de um belo prato, e mandei ver sem pensar duas vezes.

Para encurtar a história, quando, depois de três horas e duas caixas-d'água, Pedrinho saiu (cedo, costuma demorar mais, adolescente leva três horas cantando, uma hora pensando safadezas e dois minutos de chuveiro propriamente dito) de seu banho, me encontrou com as patinhas para cima, os olhos meio fechados, a boca aberta e a língua de fora. Se apavorou. Me pegou no colo e foi direto para o veterinário.

Se eu tivesse forças para explicar, nem precisava. Mas eu nem tinha forças para um auzinho que fosse. Anatomicamente falando, era tudo elementar, meu caro Watson! As patinhas para cima, porque minha barriguinha estava estufada demais para que eu pudesse ficar em minha posição predileta de descanso na sesta: patinhas esticadas, barriga colada no chão. Os olhinhos semiabertos, puro gozo, satisfação do dever cumprido, igual quando se quer prolongar um sonho gostoso sem acordar de vez. A boca aberta, para respirar com mais facilidade, e a língua de fora, porque eu estava suando depois de tanto exercício físico, que é comer sem parar. Vocês sabem que cães não transpiram pelos sovacos, mas pela língua, certo? Aproveito essa informação para pedir encarecidamente que, se algum homem de *marketing* e propaganda estiver lendo estas memórias, nem pense em lançar um desodorante canino para língua. Primeiro, suor de língua não fede; segundo, ia ser um desastre andar por aí com a língua cheirando a limão, sândalos, hamamélis ou alfazema. Desodorante só é bom para humanos que não tomam banho e preferem ter cheiro de plantas a de gente. Nada substitui o bom cheiro de cachorro. E os incomodados que se mudem ou comprem uma cobra de estimação, que não cheira nem fede, e se chacoalhar o rabo é um perigo.

O veterinário examinou, examinou e no final todos riram, menos eu — se apertassem minha barriga ou passassem um vídeo de gatos, eu vomitava tudo. Mas que foi inesquecível aquele dia em que dormi a noite inteira fazendo a digestão, ah, isso foi.

Aliás, onde foi que parei mesmo? Ah, sim, lá atrás prometi narrar o dia em que fiquei famoso sem querer, querendo.

Na verdade verdadeira, não foi num dia específico. Nem aconteceu do dia para a noite. Minha fama surgiu construída, conquistada dia após dia, hora após hora, minuto a minuto e não exagero se afirmar que segundo a segundo.

Tente lembrar de uma marca famosa. Lembrou de Cica? O que vem à cabeça em seguida? "Cica bons produtos indica". Lembrou do Bombril? "Mil e uma utilidades", ok? E da Brastemp? "Não dá para comparar", confere? Essas lembranças que acompanham a marca são os *slogans*. E quando são bons, diferentes, marcantes, ninguém escapa deles. Eles grudam a marca na cabeça de um jeito que fica impossível pensar no *slogan* sem pensar na marca, e vice-versa. Pois o que me deixou famoso, foi este *slogan*:

"Tutty. O terror das calças brancas".

Isso mesmo. Lembrou do Tutty, lembrou que é bom trocar as calças brancas por outra que não destaque a sujeira. Porque comigo é assim até hoje e enquanto forças para pular eu tiver: se vejo alguém já pulo em cima, de brincadeira. É o meu jeito de cumprimentar todo mundo. Como sou cachorro de pequeno porte (quase médio e alto, na opinião de um poodle anão que mora aqui perto), só alcanço as pernas da calça. Mas se a calça do coitado for branca, deixo minhas impressões digitais, digo, patais impressas nela. Como nunca dou um pulo, mas vários, muitos, infinitos, inesgotáveis, incessantes, contínuos, acachapantes, pentelhais pulos, ao final de algum tempo uma calça branca vira uma legítima calça tutty.

Quando está chovendo é que faço mais jus à fama. Piso na lama, na poça, encharco os pelinhos (sou peludo em todos os lugares, menos lá, não esqueçam) e Pá! Pum! Ploft!, lá vai mais uma calça para o brejo.

Evidente que não tenho preconceito de cor. Vale calça preta, amarela, marrom (essa tenho de me esforçar em dobro para sujar). Mas o meu fraco, minha paixão, são as brancas. Trato do mesmo modo bermudas, pantalonas, saias, mas o *show* dá certo pra valer, funciona melhor, revela todo meu talento, é com as calças brancas.

De maneira que essa peculiaridade me tornou popular na casa do Pedrinho, da namorada do Pedrinho, da avó do Pedrinho, dos amigos do Pedrinho, dos vizinhos

do Pedrinho, e de qualquer um que já teve o prazer de cruzar comigo nesta longa e aventurosa existência, neste mundo cheio de calças brancas limpinhas, pedindo um pulo para quebrar a monotonia e sair da rotina.

Já pensei até em processar os fabricantes de sabão em pó e pedir uma participação nos lucros. Não fosse eu, eles não venderiam tanto. Sem um Tutty para pular, não há calça branca para tanto lavar.

Se não faço isso é porque não quero comercializar, transformar em mero negócio aquilo que faço por vocação natural. Tenho um prazer canino; é bom pra cachorro ver alguém se aproximando com a calça imaculadamente branca. Tudo acontece em duas etapas. Na primeira, eu fico quietinho, deitadinho, cara de quem não está nem aí, olhando o visitante, o incauto, a vítima (escolha aí como chamar meus parceiros de palco; por mim, encaro com o maior respeito, como colegas sem os quais minha *performance* não seria possível). Daí, quando ele chega mais perto, crente que está abafando com sua calça branca, admirada pelo cachorrinho que vos fala, lá vou eu como uma mola que se estica, rápido como um avião, surpreendente como um pernilongo que não canta avisando da picada. E antes que ele possa se defender, dou pelo menos meia dúzia de pulos certeiros (quando era mais jovem, chegava a uma dúzia em trinta segundos), não sem antes me certificar de que minhas patas estão bem molhadinhas ou, no mínimo, com um pouco de terra do jardim.

Claro que nem sempre dá certo. Já levei joelhada, tapas, gritos, e outros golpes baixos. Existem, além dos mal-humorados, os meus tipos prediletos, aqueles que exigem técnicas e táticas especiais que descrevo a seguir:

*O tipo que vira imediatamente de costas.* Para esses, desenvolvi a minha curva rápida em 90°, que consiste em correr como se fosse pular pela frente, desviar no último instante e... carimbar a frente que ele virou para trás.

*O tipo que me segura pela coleira antes que eu pu- le.* Esse merece um truque genial: eu não reajo. Fico quietinho, ele segurando minha coleira, e eu abanando o rabinho com as patinhas dianteiras dobradas. Mal ele me solta, pensando que não há por que impedir um cachorrinho tão amistoso, lá vou eu com meu superpulo, um só, mas eficiente. Um só, porque não sou besta de deixar que ele, agora bravo por ter sido tão otário, me segure de novo.

*O tipo que conhece o cachorro do Pedrinho.* Com esse, tenho de rebolar para cumprir minha missão. Primeiro, porque ele não entra na casa, nem passa perto de mim, sem antes pedir ao Pedrinho que me prenda. Aí só me resta apelar e usar todos os meus dotes de ator pulatício internacional. Não reclamo, não lato, mas não desgrudo meu olhar tristonho do gajo, até que ele mesmo, cheio de culpa por ter mandado prender um cão cheio de amor pra dar, peça para me soltarem um pouquinho. Em geral, na despedida. Pena que esse recurso não dê certo mais de três vezes.

E, finalmente: *O tipo da namorada do Pedrinho.*

Não porque ela não usasse calça branca (hoje, usa até mais que antes, pois agora é médica veterinária). O problema é que na época em que comecei minha meteórica carreira de carimbador das calças brancas, para o Pedrinho, era Deus no céu e ela na Terra.

E ela era a infeliz proprietária de uma gata branca. Assim sendo, tinha dois bons motivos (um fixo: a gata, que carregava sempre no colo; outro de quando em quando: a calça branca que vestia) para não visitar o Pedrinho sem antes pedir a ele para me manter bem longe de tanta frescura, digo, brancura.

O Pedrinho atendia e ia além do pedido: fazia de conta que gostava de me prender lá fora.

Para vocês terem uma ideia da gamação do Pedrinho, garanto que ele abanava o rabinho quando ela chegava, numa concorrência desleal comigo. Afinal, o abanador oficial de rabinho da casa era eu. Ou, sendo mais claro: era eu, enquanto ela não estava lá. Bastava ela chegar e não sobrava pra ninguém.

Logo que terminar de escrever este livro, pretendo me dedicar seriamente ao estudo científico deste caso curioso: um humano conseguir sacudir o rabinho de alegria melhor que qualquer cachorrinho.

# 3

## Como conquistar a gata e se livrar da gatinha

Gosto de imaginar a vida como uma porção de postes no caminho.

O que é natural em se tratando de um cão. Postes estão para nós, como televisão, refrigerantes e chocolates para os humanos. Queiramos ou não, eles estão lá, impávidos, inevitáveis, esperando nossa passagem, esperando a vez.

Cachorro que não para em um poste, bom cachorro não é. Ou já está naquele estágio grave, irreversível, em que pensa que é gente e encara os postes como coisa de gentinha sem modos, coisa de vira-latas.

Nem que seja para conferir, para dar uma cheiradinha apenas, há de cumprir a missão canina. Até por sobrevivência, precaução. Ninguém dá sua mijadinha num poste à toa, nada disso. Mijar em poste demarca o território. É como se você — desculpe, leitor, a intimidade — colocasse com seu xixi sua marca, sua bandeira, sua assinatura, no poste por que passou. Um aviso para todos que passarem depois saberem que aquele território, aquela região, é sua. Por isso que levantamos a pata bem alto. O que, no meu caso, não é fácil. Mas é necessário, sim. Pela altura do mijo no poste se mede o tamanho do cão.

O ritual do xixi no poste serve de alerta aos intrusos (e também de aviso às fêmeas do pedaço) que é só te procurarem por ali que acabam achando. As mensagens urinárias no poste são invariavelmente duas: "Tutty esteve aqui, galera!" e "Mulherada, cheguei!". Na falta de poste, serve árvore, arbusto, muro e, em último caso, o pé de alguém que esteja parado de bobeira.

Com tanta função no existir canino, o poste é gênero de primeira necessidade. Se um dia eu for político (tem tantos fazendo cachorrada, que um a mais, um a menos, reparar quem há de?), a primeira providência vai ser um enorme monumento ao poste. *Design* arquitetônico bem *clean*: um poste e uma manchinha amarela na parte de baixo, mais nada. Nem precisa botar placa, como vocês fazem em seus monumentos aos generais e vultos da nação, contando o que é aquilo. Como escreveu o poeta Cãolos Drummond de Andrade, *um poste é um poste é um poste é um poste.*

Na sequência de minhas lembranças, estou no segundo poste, o de minha adolescência, saindo das delícias de uma infância, em que tudo se resumia a brincar-comer-dormir, para entrar nos anos em que completamos nosso crescimento e assumimos novas responsabilidades, novos desafios como... dormir-comer-brincar.

Nessa etapa foram marcantes as presenças femininas de Mia Farrow e Glória Demais Da Conta. Duas supergatas.

Glória, a namorada do Pedrinho (foi ele, lógico, quem lhe deu o apelido de sobrenome). E Mia, a gatinha branca de Glória.

Eu gostava da Glória. Mas gostaria bem mais se entre nós não houvesse uma barreira intransponível: a danada da Mia.

Por causa da Mia, eu não podia me aproximar da Glória. Quando elas chegavam, o Pedrinho tinha de me botar no quintal ou me prender na minha casinha. Um horror.

A chegada de Glória, que devia ser motivo para festa, virava em meu jovem coração uma punhalada, uma ducha de água fria. Nem vontade de pular eu sentia mais, para vocês terem uma ideia do drama.

Às vezes, eu sonhava com a namorada do Pedrinho chegando e me chamando para três ou quatro ou mil pulinhos. De repente, no meio do sonho, alguém tocava a campainha e era a Mia, enorme, com seu branco casaco de peles se desculpando pelo atraso. E o sonho virava pesadelo.

Fiz tudo que estava ao meu alcance para mudar a situação. Mas que mais pode fazer um cachorro mal saído das fraldas para levar a melhor nesse lance?

Entreguei nas mãos de Deus e relaxei.

Glória entrava com aquele borrão peludo branco nos braços e, antes que Pedrinho mandasse, lá ia eu para a minha casinha. Mais comportado que um são-bernardo tomando banho de sol. Mais pacífico que um dálmata depois de se livrar da Cruela Cruel. Mais inofensivo que um cachorro de pelúcia.

Esse comportamento — que só eu sei o que me custava — acabou rendendo bons frutos. A cada dia, Pedrinho se preocupava menos em me prender. Glória começou a elogiar minha mansidão. E até acho que surpreendi um olhar amigável, de gatinha dengosa, de Mia.

Chegou o então glorioso, saboroso, fantástico dia, em que conquistei a confiança das duas de vez.

Glória me chamou para dentro da casa. Pedrinho ficou meio inquieto, observando o que ia dar. Mia se encolheu ainda mais nos braços da dona, uma bolinha, não deixando nem o rabinho de fora.

Se eu fosse um cão raivoso, teria me aproveitado para botar para fora as duas vontades reprimidas dia após dia: tremendo pulo na Glória, tremenda mordida na Mia.

Mas a razão venceu a emoção. A paz venceu a guerra. A inteligência venceu a força bruta.

Soube naquele momento que estava me tornando adulto, com mais sabedoria e tranquilidade.

Me aproximei de Glória, de Mia e... lhes dei meu melhor sorriso e estendi a patinha para deixar claro que ali se encontrava alguém digno de toda amizade, de quem nada precisavam temer.

Glória se derreteu, Pedrinho respirou aliviado e Mia arriscou colocar o rabinho para fora. Desde então, nossa convivência tem sido uma beleza.

Agora, o que nem Pedrinho e Glória desconfiam é que, apesar de nunca maltratar a Mia, nem por isso deixo de ter minha vingancinha.

Quando ninguém está olhando, e Mia fica distraída perto de mim, dou uma rosnadinha para ela. É de brincadeira, mas suficiente para ela dar um pulo maior do que os meus. De susto.

Disso tudo tirei uma lição que espero sirva para cães e gatos e humanos: se não dá para vencer o inimigo, calma. Seu bom dia chegará, desde que mantenha a cabeça fria. Ou, como diria meu avô, "se a vida te der um osso, faça dele um banquete".

Espero que, ao ler este capítulo, meus inimigos não o usem para falar mal de mim, me taxando de anarquista ou, o que é pior, traidor da causa dos cães, que é dar uma coça nos gatos e, por extensão, da causa dos gatos, que é sair em disparada ao se defrontar com um cão. Me refiro especificamente aos dois dobermanns que moravam na casa em frente, e àquele gato cinzento que morava na lixeira da praça.

Sei muito bem o que eles falavam ao ver Pedrinho e Glória passeando de mãos dadas, seguidos de perto por este amigo de vocês com uma gatinha branca ao lado.

Se cruzarem com eles, avisem que as aparências enganam!

Mas, principalmente, avisem a Lulu Mancha Negra, minha paixão inesquecível, que não devia ter me virado a cara. Meu amor era sincero e nunca tive nada com a Mia Farrow. Nem amizade colorida.

Apenas para aqueles que ainda estranham expor meus sentimentos assim de maneira tão clara, fiz, lá no final do livro, um roteiro das preferências e desavenças comuns à nobre raça dos galgos.

Analisem com atenção este despretensioso guia dos quereres e desgostos caninos no "Guia dos Curiossos".

Vai facilitar o entendimento de alguns fatos, fofocas e ossinhos espalhados ao longo destas memórias.

## Ame e dê vexame, ou relaxe e aproveite

Conta-se que um filósofo, certa vez, estava fazendo uma palestra, quando alguém lhe perguntou se poderia definir o que seria a felicidade.

Ele respondeu que só conhecia um ser absolutamente feliz, pois nunca ficava encucando com o passado ou o futuro; um ser totalmente em paz, porque não dividia a vida entre certo e errado; apenas um ser sobre o qual o destino despejara sua bênção, permitindo que descansasse quando era hora de descansar, e agisse quando era hora de agir.

Todo mundo ficou muito curioso para conhecer esse ser que, na opinião do filósofo, era um exemplo de sabedoria e bem viver. Cada um arriscou um palpite: seria um guru indiano; um jovem bilionário; uma atriz de sucesso; ou, quem sabe, um desconhecido e bom homem, morador de uma montanha isolada, ocupado apenas em observar e curtir cada momento?

"Nada disso", esclareceu o filósofo. "Esse ser de que falo é o meu cão!"

Concordo com ele. A nossa vida é um oásis, perto das tempestades de deserto que costumam acontecer nas cabeças humanas, mas nem sempre é assim.

Nós também temos nossas inquietações, nossas dúvidas e também pisamos na jaca, babamos na maionese, chutamos o pau da barraca, entornamos o caldo, trocamos alhos por bugalhos, compramos gato por lebre e, se isso consola vocês, também erramos.

Só para ilustrar como a diferença entre cães e humanos pode ser menor que o rabo cortado de um dobermann, vou contar alguns enganos que vivi, alguns vexames que dei, antes que me esqueça deles, porque nisso, sim, somos diferentes: não ficamos remoendo as coisas depois que elas passam.

Acontecimentos chatos, para os cães, são pulgas que a gente coça e joga fora.

## O caso da Mia Farrow

Lá ia eu na caravana da praça. A caravana era formada por Pedrinho mais Glória mais eu e mais, fazer o quê?, Mia Farrow.

Naquela época, eu era um adolescente de dois anos e meio de idade (dizem que para saber a idade de um cão, em comparação às pessoas, é só multiplicar cada ano por sete), e Pedrinho e Glória estavam no auge da paixão. O que significa que a caravana da praça cumpria um ritual: mal chegavam na praça, Pedrinho e Glória sentavam no primeiro banco que vissem e ficavam no pega-pega, ralação, malho de beijos e abraços. Se lábio fosse borracha, eles já estariam sem boca de tanta esfregação.

Enquanto isso, Mia permanecia dengosa perto do casalzinho e eu, bem, eu praticava o esporte predileto dos springers: o triatlo.

Triatlo de springer, modalidade praça, consiste em correr muito aos pulinhos como um cabritinho, fazer bastante xixi em árvores e cheirar tudo e todos, no menor espaço de tempo possível.

Então aconteceu. Vi uma sombra enorme, olhei e o dono da sombra era maior ainda. Um baita cachorrão. Brincar comigo é que ele não queria. Fugir, não dava. Me defendi como pude, mas não foi muito.

Quando eu já estava pronto para virar paçoca de springer, quem é que vejo entrando no meio do rolo? Um vulto branco. Era a Mia Farrow.

Na hora pensei: não basta enfrentar esse monstro que vai me levar para a cova, ainda vem essa gata metida para atrapalhar?

Meio desnorteado, acabei dando uma dentada na gata, até entender que ela estava tentando distrair o cachorrão. E não é que a danada conseguiu? O cachorrão saiu atrás dela (entre um cão e um gato, o instinto leva a melhor escolha, ou seja, corre-se atrás do gato), ela subiu numa árvore e deu tempo do Pedrinho espantar o tiranossauro rex canino e da Glória me proteger.

Voltei para casa quase com o rabo entre as pernas (quase, porque tenho o rabo cortado). Em parte, porque tinha levado uma mordida na ponta do cotoco. E em parte, por orgulho ferido: Mia, além de ter me salvado, ainda tinha sido mordida por engano.

Ao nos despedirmos, engoli o orgulho e falei o que devia, como um cavalheiro que era:

"Obrigado, Mia. Foi legal você entrar na briga. Mas, da próxima vez, vê se fica na sua e deixa que eu resolvo sozinho, tá bem?".

Saí logo de perto, antes que ela me unhasse. Vocês sabem como as gatas são temperamentais.


## O caso do Pedrinho

Vou resumir para vocês sentirem o drama, o tamanho do vexame.

Imaginem a cena:

Um garotão orgulhoso do cãozinho que acabou de ganhar e louco para exibir seu novo presente para os amigos.

E atenção que agora o rapaz está na casa de seu melhor amigo.

E mostra o cãozinho. E fala bem do cãozinho. E fala mais bem ainda do cãozinho. E exagera, dizendo o quanto ele é inteligente e educadinho.

O amigo aproveita uma pausa e conta que também ganhou um presente legal.

Um par de tênis. E mostra. Mas acaba deixando no chão, já que o rapaz que ganhou o cãozinho acha que não existe nada mais legal que ganhar um cãozinho, e que um tênis não abana o rabo, nem é legal e menos ainda educadinho como seu cãozinho, que ele até pode levar na casa do amigo numa boa, tranquilo.

Sentiu o clima?

Bom, então imagina o dono do cãozinho lá todo entusiasmado, falando sem parar sobre seu cãozinho para o dono do par de tênis, e o par de tênis esquecido no chão perto do cãozinho.

Imaginou?

Bem, vamos ao final da historinha: o cãozinho chega perto do tênis e faz um belo pipi. Onde? No tênis, onde mais? Nos dois tênis!

Mas teve um fato que fechou com chave de ouro o desastre:

O dono do cãozinho resolve ir embora e o amigo, ao se despedir, resolve calçar o tênis como se quisesse deixar evidente que "quem não tem cão, caça com tênis".

Era só o que faltava para o dono do cãozinho sair pensando que talvez não fosse tão ruim assim ganhar tênis no lugar de um cãozinho, e o amigo dele ficar pensando que bom que o xixi do tênis é lavável e seca e o xixi do cãozinho continua por toda a vida.

O cãozinho? Adivinhou: eu. O dono do cãozinho? Biduzão: Pedrinho.

Cai o pano e termina a comédia. O que me consola é que posso sempre dizer que era pequeno demais para saber que tênis não é penico.

# O caso da Glória

Glória tinha uma bolsa de palha, bem grande. Não largava da bolsa por nada.

Um gênero de primeira necessidade a tal bolsa; afinal, Glória vivia mais na casa do Pedrinho que na dela: trazia livros e cadernos para estudar, CDs de música pop, sei mais o quê.

A bolsa era grande, como disse, eu pequeno ainda e não aguentei a curiosidade ao ver a bolsa dando sopa, largada no chão da sala.

Fui xeretar lá dentro e, de repente, no escurinho e quentinho, me deu um sono danado.

Aninhado numa blusa de lã, senti o movimento da bolsa, mas pensei que estava sonhando.

Quando acordei, lati, e Glória finalmente me achou e me tirou da bolsa.

Levei o maior susto! Tinha ido parar num gatil (gatil é o canil de gatos), que Glória fora visitar.

Glória achou engraçado, mas eu não gostei nada de acordar rodeado de gatos por todos os lados. Se eu fosse maior, teria sido um estrago.

## O caso da Dona Genoveva

Dona Genoveva, mãe do Pedrinho, gosta de plantas.

Seu quintal é lotado de vasos de todos os tamanhos e flores e folhagens de todos os tipos.

Desde que vim morar em sua casa, ela, prudentemente, colocou os vasos em prateleiras, fora do meu alcance.

Eu olhava aquela coleção com curiosidade. Mas como tudo que um cão não pode cheirar, mexer e fuçar não interessa, sempre deixei aquele canto do quintal em paz.

Certa manhã, porém, Dona Genoveva tirou os vasinhos para limpar e podar as folhas secas, e deixou tudo no chão para facilitar o trabalho.

Eu por perto, rondando.

Quando Dona Genoveva abandonou o local para preparar o almoço, aproveitei... e almocei folhinha por folhinha, florzinha por florzinha, talinho por talinho.

Espero que você não esteja beliscando alguma bolacha ou biscoito, porque eu vou contar o resultado: aquele bolo verde, indigesto, me fez vomitar várias vezes.

Mas o pior é que a maioria dos vasos era de ervas para tempero — manjericão, salsinha, coentro e pimenta, várias espécies de pimentas.

Até hoje Dona Genoveva me chama de cão bem temperado!

## O caso do Pluto do vizinho

Esse foi brabeira.

Um de meus vizinhos era um poodle chamado Filé. Apelido de infância que ficou para o resto da vida. Os humanos adoram colocar nomes esdrúxulos em seus cachorrinhos, e, afinal, tanto faz como você chama seu cão, ele atende do mesmo jeito. Cachorro se amarra é no som da voz do dono, no ritmo, não importa muito se você pronuncia Cafifa, Califa ou Cosifa. Pode até chamar cachorro de Cachorro que ele vem. Já o dono do cachorro, se você chamar de Dono, ele não responde e ainda é capaz de ficar zangado com você.

Pois o Filé tinha esse nome e uma porção de brinquedos de borracha.

O que eu mais cobiçava era um bonequinho de um cachorro famoso, o Pluto, que apitava (não o Pluto, o bonequinho).

Filé guardava ciumentamente seus brinquedos na casinha, que ficava ao lado do portão. Acontece que o dito cujo portão ficava bem em frente da minha casa.

Todo dia, bem cedinho, Filé espalhava seus bichinhos na porta de sua casinha, não sei se para tomar sol ou para me fazer inveja.

Esperei a ocasião que faz o ladrão, e surgiu a chance quando o portão de minha casa foi esquecido aberto, o portão da casa dele também, e eu saí correndo direto para o Pluto e voltei também correndo com o Pluto firmemente preso na boca e com o Filé atrás de mim latindo "pega ladrão! Chamem a carrocinha!".

Na pressa, tropecei e engoli o apito do Pluto.

Filé recuperou seu Pluto, e eu fiquei a tarde toda com o apito entalado, de tal maneira que, quando respirava mais forte, apitava.

Um sonzinho chato, firiu! fóin!, firiu! fóin!, que me ensinou que o crime não compensa e que não adiantava, depois, ficar pluto da vida.

## O fantasma canino revela seu segredo

Se algum leitor ou leitora já morou no Bairro dos Pêssegos, levante a mão.
Pode abaixar, para não ficar com o braço cansado.
E se já morou, nem vou pedir para levantar a mão confirmando que houve época em que também ficou morrendo de medo de se encontrar com o Fantasma Canino. Simplesmente, porque por um bom tempo não existiu nada mais comentado e apavorante que o fantasma de um cão assombrando o bairro inteiro, noite após noite, com seu latido de gelar o sangue, com sua roupa vermelha e seus olhos brilhando no escuro e congelando de pavor quem tivesse a má-sorte de cruzar seu caminho.
Agora que quem era menino já virou gente grande, quem era muito velho já virou pó e quem era filhote, cãozão já é, posso revelar o segredo que guardei por todos esses anos:
O terrível Fantasma Canino fui eu.
Eu e meus cúmplices, o maior bando de zoadores que o Bairro dos Pêssegos conheceu: Pedrinho e seus amigos, Joca Disquete, André Minhoca e Nenê Bebê.
E pensar que tudo começou da maneira mais inocente, sem querer, num final de tarde inspirado em que Pedrinho comentava com a turma (pessoal legal mesmo, ninguém ali se chateava com minhas carimbadas na roupa, talvez porque viviam com as bermudas e camisetas mais grunges e sujas do mundo) sobre a chatice que seria, como sempre foi, a visita de sua tia Zilda, logo mais à noite.

Tia Zilda, todos concordavam, mesmo quem não era sobrinho dela, fazia o gênero pentelhilda da família. Não era má, apenas gostava de praticar seu esporte predileto de achar defeito no comportamento dos parentes. E seus arremessos de flechas com pontas feitas de críticas, dardos recheados de ironia e boladas cheias de comentários encontravam em Pedrinho o alvo perfeito. Mesmo porque adolescente é por força da natureza um aborrecente, com manias e hábitos que apenas não chateiam quem é aborrecente também.

E Pedrinho não escapava dessa regra, nem dos conselhos da tia Zilda que, duas vezes por ano, passava a noite na casa da irmã mais velha, justamente a mãe de Pedrinho.

Certa noite, porém, as coisas mudaram.

O destino de tia Zilda e do bairro inteiro estava sendo traçado naquele encontro da turma e deste anjo de quatro patinhas que vos fala.

A virada teve início com o Pedrinho se lembrando que, depois das aprontadas adolescentes, o que ela mais temia era se encontrar com fantasmas.

Segundo ela, os fantasmas a perseguiam há décadas. Nunca vira um ao vivo e em cores (se é que algum cristão já viu, pois sabidamente os fantasmas nunca são vivos, nem coloridos, usam sempre o mesmo lençol branco), mas escutava seus barulhos e não dormia sem antes espiar muito bem embaixo da cama e dentro do guarda-roupa, para evitar a surpresa de topar com um deles.

Na escola da vida, tia Zilda se formou em caça-fantasmas e caça-erro de jovens.

Desse fato para a ideia foi um pulinho de Tutty Antônio.

Rapidamente, a turma preparou o plano; Pedrinho arrumou uma fronha vermelha (sim, Dona Genoveva, foi assim que sua fronha sumiu!), me vestiu e, horas depois, fiz a primeira e triunfal aparição como o "Fantasma Canino no quarto de hóspedes, onde tia Zilda se preparava para dormir".

O resultado imediato foi que tia Zilda nunca mais quis dormir na casa do Pedrinho. Mas a carreira do Fantasma Canino prosseguiu durante muitos meses.

Eu tomei gosto pelo papel de fantasma, e a imaginação da turma não tinha limites para bolar onde eu faria minhas próximas aparições.

Uma farra, uma grande aprontada, essa do Fantasma Canino, que aos poucos foi se aprimorando. André arrumou um sino pequeno, que ele tocava em breves badaladas antes de eu surgir assustando a vítima escolhida. Joca providenciou uma tinta que brilhava no escuro e, como era lavável e atóxica, me pintava as patinhas. Nenê se superou na malvadeza: inventou efeitos sonoros especiais. Inesquecíveis suas imitações de garota pedindo socorro e de fantasma berrador, que ele fazia antes de Pedrinho me soltar em direção ao infeliz sorteado para levar o susto.

A fama do Fantasma Canino extrapolou o bairro, acabando em notícia dos jornais.

Ruim para uns, bom para outros.

As mães, por exemplo, usavam a ameaça do fantasma para obrigarem os filhos a almoçar e dormir na hora certa. E os pais, quando queriam castigar, não precisavam mais utilizar os clássicos "chega de televisão!" ou "chega de computador!". Bastava dizer que iam chamar o Fantasma Canino, para todas as crianças entrarem na linha.

Meio repressor, mas sem dúvida eficiente método educacional.

O Fantasma Canino teve um fim menos nobre.

Depois de assustar ene pessoas, o fantasma, ou

seja, eu, acabou, numa noite de entusiasmo, reduzindo a fronha vermelha em pedaços.

E Nenê Bebê, que era esperto para imitação, mas meio "devagar quase parando" na cabeça, teve a infeliz decisão de arrumar uma outra roupa, um vestido bem usado que afanou de sua irmã mais nova.

O vestido, cor-de-rosa e com rendinhas, longe de assustar, provocava risos cada vez que eu aparecia. Literalmente, o Fantasma Canino se cobriu de ridículo. Desmoralizado, resolveu se aposentar.

Mas o suspense continuou por muito tempo ainda. Surgiu, inclusive, um imitador — que eu desconfio que fosse o dobermann da rua —, mas não deu certo, porque todo mundo sabia que o fantasma original era pequenino.

Espero que ao contar este segredo não esteja quebrando a ilusão das crianças daquela época. Se bem que as crianças de então são os adultos de agora e devem estar prontas para saber que o Fantasma Canino não era fantasma e outras verdades impressionantes que não são verdades coisa nenhuma, como a de um velhinho gordo e de barbas brancas, que todo fim de ano traz presentes num trenó; por coincidência, os presentes que estão nas vitrines das lojas para serem comprados.

Eu mesmo, agora que sou gente, ops, cachorro grande, maduro e sabido, acho uma bobagem e ingenuidade acreditar em fantasmas.

Hoje, só acredito em coisas reais e comprovadas, como fadas, duendes, cristais, políticos honestos e horóscopo de jornal.

# 6

## Com a pulga atrás da orelha

Em livro de memórias que se preza, não podem faltar os personagens mais presentes na vida do autor.

E como o autor, neste caso, é um cão, ele não vai deixar de fora a figura que volta e meia, desde filhotinho até hoje, comparece a todos os capítulos de sua biografia, mesmo sem ser convidada.

A Dona Pulga.

Essa triste figura você encontra em qualquer cão, seja ele um intelectual limpinho como eu, ou um vira-lata analfabeto das ruas.

E já que temos de conviver com essa realidade, vou aproveitar para transformar este capítulo num serviço de utilidade pública, para que ninguém fique com a pulga atrás da orelha na hora de tentar se livrar da Dona Pulga.

Acredito que será muito útil para humanos e cães que me leem ficarem por dentro deste palpitante assunto, que só de pensar, já dá uma coceirinha.

Apesar de séculos fazendo parte da cultura canina, Dona Pulga não tem recebido a atenção que merece.

É raro que alguém se preocupe com Dona Pulga, que nesta altura deve ter um complexo de rejeição enorme. Concordo que tudo que ela merece é porrada e inseticida, mas não deve ser fácil a existência de um ser que nunca recebe um cafuné, uma palavra de elogio e menos ainda compreensão. Nem poder almoçar e jantar em paz é permitido a Dona Pulga.

Esse tipo de coisa é que faz a pulga viver em sobressalto constante, em estresse permanente.

Acredito que a melhor arma para combater a Dona Pulga seja o conhecimento, a informação. Muita gente tem metido o dedão na história da pulga, principalmente para esmagá-la, mas não me lembro que alguém lhe dedicasse algumas linhas imparciais, se não amigas, pelo menos sem raiva.

É o que pretendo fazer agora, com a calma e a sabedoria que os anos me trouxeram, tão logo consiga tirar uma pulguinha idiota que está desde ontem passeando nos pelos perto do meu fiofó, o que tem me dado torcicolo para providenciar sua mudança para o paraíso das pulgas, que imagino seja um lugar cheio de nuvens peludas.

Primeiro ponto a esclarecer é o que é de fato uma pulga.

Dona Pulga é um parasita. Ou seja, um inseto que vive à custa do outro. Como pulga não faz supermercado, e não vendem sanguinho de cachorro por *telemarketing*, ela precisa se alimentar diretamente no cão.

Daí a primeira coisa que Dona Pulga precisa para não morrer de fome é arranjar um cão. Ela não é luxenta, nem fica escolhendo casa para morar. Faz o tipo "pintou, nóis traça". O primeiro cachorro que passar no caminho ela pula em cima.

De posse de seu restaurante ambulante, Dona Pulga vai se grudar nele até morrer. Só sai dali em três circunstâncias: se cair, se for retirada ou se morrer de velhice, o que acontece no máximo em um mês, que é seu tempo médio de vida.

Mas enquanto está viva, Dona Pulga faz a festa, aproveita ao máximo sua curta existência neste mundo.

Além de chupar sangue até empapuçar, Dona Pulga transa com Seu Pulgo apenas uma vez. Deve ser por isso que é tão carente. Falta de amor, estão vendo?

Se bem que Dona Pulga nunca precisa inventar que está com dor de cabeça para não transar de novo com Seu Pulgo. É que não dá tempo. Ela fica botando vinte ovos por dia, todos os dias! Ganha disparado das galinhas, que botam apenas um.

Esse fato torna Dona Pulga a mãe do ano!

Como é muito ovo para uma pulga só, ela não tem tempo para cuidar de todos os pulguinhos, botar talquinho, dar de mamar, essas coisas que fazem a alegria da maternidade.

Seu negócio é botar os ovinhos entre os pelos do bicho e mais nada. Daí o destino cuida dos ovinhos, que vão caindo por onde o animal passar.

Para vocês verem como a natureza segue seu curso, acompanhem um ovinho que acabou de rolar para o chão da sala. Dentro desse ovinho, forma-se uma larva, que é uma espécie de minhoquinha psicodélica. Das minhocas, nunca se sabe onde é o rabo e onde é a cabeça, o que deve tornar dramático o namoro minhocal. Já pensou você ser um minhoco querendo beijar a namorada? Se errou o lado, dançou.

Mas a larva da pulga tem cabeça, sim. Uma cabeça que é uma espécie de serrote, que ela usa para sair do ovo. Em seguida, a larva forma um casulo, uma casinha durinha, e fica lá crescendo. Depois de uns vinte dias, ela sai do casulo já adulta e faminta, pronta para embarcar num cão. Quando não tem cão por perto, ela caça com gato mesmo.

Uma única Dona Pulga dá origem a mais de mil ovinhos, larvinhas e casulos, o que resulta em, pelo menos, duzentas pulgas novas prontas para tomar sangue de cachorro em canudinho. Por isso que acabar com as pulgas é mais difícil que varrer areia na praia.

Vou terminando por aqui. Tenho assuntos menos pulguentos e mais agradáveis para tratar.

De qualquer maneira, espero que este capítulo tenha servido para esclarecer algo sobre a vida das pulgas, e aumente o prazer do leitor quando for matar uma que o esteja incomodando ou infernizando seu cão. Lembre-se: ao acabar com uma pulga, você estará se livrando, na verdade, de duzentas amolações futuras.

Como dizia meu avô, "pulga boa já nasce mortinha".

E como diria eu, "se você gosta de seres que pulam, prefira um springer spaniel". Dá canseira, mas não dá coceira.

## O dia em que Tutty Antônio e Mia Farrow ficaram peladinhos da Silva

Tirem as crianças da sala, vou contar um episódio indecente.

Foi quando Dona Genoveva, a mãe do Pedrinho, resolveu fazer sua milionésima reforma na casa. Se o Pelé é o rei dos gols, com mais de mil bolas na rede, Dona Genoveva é a Pelé das reformas. Todo ano ela inventa a troca dos pisos, dos azulejos, abre uma porta ali, muda uma vidraça lá, transforma a sala em quarto, quarto em sala de tevê, e por aí vai.

Vocês notaram que Seu Odorico, marido de Dona Genoveva, pai do Pedrinho, ainda nem foi citado neste livro? É porque ele vive fora de casa, trabalhando para pagar as contas dessas reformas. Chegando tarde, cansado do trabalho, cadê tempo e ânimo para curtir o cachorro? Um santo, Seu Odorico, da casa para o trabalho, do trabalho para a casa e, nos domingos e feriados, fica fora, jogando futebol com os amigos, acho que para não ver a reforma e lembrar da despesa seguinte.

Naquela vez, a vítima da saga reformatória de Dona Genoveva foi o banheiro social. Resolveu quebrar tudo. Para fazer brotar um novo banheiro, colocou dois pedreiros e comprou todo o material, incluindo uma delícia, para mim a melhor parte da reforma: uma pequena montanha de areia.

Era muita areia para o meu caminhãozinho, gente.

Primeiro, batizei o monte com cinco xixizadas, para todo mundo ficar logo sabendo que é tudo meu, ninguém tasca. Como alpinista marca a conquista da montanha fincando sua bandeira no cume, cachorro também deixa o sinal de sua vitória, ora.

Com a montanha devidamente personalizada, passei à etapa seguinte: cavar buracos alucinadamente, escorregar pela areia, enfiar o focinho com gosto. Com o *know-how* de outras reformas, eu sabia muito bem como tratar um monte de areia.

De repente, eu lá no bem bom, na farra da areia, percebo um vulto branco se aproximando, cheio de curiosidade.

Mia Farrow, deixando de lado sua pose, solta sua porção criança e se atira na areia, me imitando. Filhotes, sejam de bichos ou humanos, são chegados em brincar com porcaria, com meleca. Quem já cresceu nem se lembra como é gostoso brincar sem medo de se sujar por inteiro.

As horas passaram depressa e ninguém apareceu para cortar o barato dos dois depósitos de pelos imundos de areia. Pedrinho estava na escola, Glória com seus CDs na sala e Dona Genoveva acompanhando a movimentação dos pedreiros.

Eu sabia que a brincadeira iria terminar como sempre, com broncas e banho. Porém, mais vale um gosto de areia que o desgosto de uma ducha, e depois é depois, agora é agora, a vida é curta, curta; esse tipo de pensamento é que nos consola.

Quando definitivamente não havia mais diferença de cor entre mim e Mia e a areia, reparei num outro presente: um quadrado de madeira cheio de algo mais irresistível que um monte de areia seca. Areia molhadinha.

Nos atiramos naquela gororoba imediatamente.

Um dos pedreiros nos tocou dali, e a dupla foi descansar ao sol.

Acordamos com os gritos da Glória. Ela berrava algo parecido com "eles viraram pedra!".

Tentamos levantar, mas não dava. Não viramos pedra, mas quase. Descobrimos rapidinho que não era areia molhada, mas cimento fresco a substância em que mergulhamos. E o cimento secou com o sol.

Pedrinho chegou no momento em que Glória e Dona Genoveva tentavam tirar o cimento das estátuas de um cachorrinho e uma gatinha esticados e duros.

Acabamos na clínica veterinária. Não teve banho que desse jeito. Foram obrigados a nos raspar inteirinhos.

Voltamos para casa horas depois, peladinhos da Silva. Não sobrou nem um fio de bigodes.

Pior que esperar os pelos crescerem de novo, em pleno inverno, foi aguentar a gozação dos pedreiros passando com as latas de cimento e perguntando se queríamos repetir a dose.

Naquela e nas próximas reformas na casa de Dona Genoveva, nenhum pedreiro pedia ao outro para preparar e trazer massa. Só diziam: "traz uma piscina de cachorro!" ou "traz uma piscina de gata!".

Mas aprendi a lição. Atualmente, quando vejo um monte de areia, seguro o *tchan*, disfarço e fico esperando algum cachorro pular primeiro. Se ele não sair dali durinho, tudo bem, é sinal que é só areia mesmo, e está liberado.

Pedrinho e Glória mostram, às vezes, as fotos tiradas de seus bichinhos pelados para os amigos. Mia Farrow, que é meio bobinha, pensa que Pedrinho vai vender suas fotos para a revista *Playboy*, como ele comenta rindo.

Já expliquei que não é esse tipo de gatinha pelada que a *Playboy* publica, mas ela não acredita. Gatinhas são vaidosas, vocês sabem, e sonhar não paga imposto.

Meu problema com aquelas fotos é outro. Nunca me havia visto pelado e fico chocado como metade de um springer é tudo pelo e só metade é de springer em carne e osso!

# 8

## Conheça a vida animal: case!

Quanto mais comparo a vida de cachorro com a vida dos humanos, mais me convenço de que somos mesmo uns privilegiados.

Temos de enfrentar pulgas e banhos, é certo. Mas estamos livres de políticos, aids e congestionamentos de trânsito, para ficar nos exemplos grandes e complicados.

Nossas relações também são mais simples e diretas. A sentimental, então, é linear, cristalina.

Muitas cachorrinhas me viraram a cabeça, e por elas tive uma paixão sem dúvida animal. Nada que me tirasse o sono, porém, ou que um outro prazer igualmente avassalador — como passeio na praia, cafuné na hora certa e uma bela refeição — não compensasse e preenchesse a ausência das ditas cujas.

Já com gente é diferente, e bem enrolado. Vejam o caso do Pedrinho e da Glória, por exemplo.

A única coisa em comum entre eles e um casal de cachorro e cadelinha é que eles também abanam o rabinho quando se veem, de pura alegria e excitação. Mas fica nisso a semelhança.

Pessoas parecem ter dificuldade em ficar no presente, no aqui e agora e pronto. Elas sempre querem mais e depois e lá na frente. E aí a história é outra.

Pedrinho adora a Glória.

Glória adora o Pedrinho.

Em vez de se contentarem em abanar o rabinho, transar e dizer tchau, como fazem os cachorrinhos, este casal tem de enfrentar outros pormenores cheios de guéris-guéris.

Começa que eles são bem jovens. E daí os mais velhos, que por coincidência são os pais deles, acham que eles, sendo tão jovens, não vão saber se comportar como se deve. Precisam cuidar do futuro, arrumar grana, preocupação que nunca fez parte do universo cachorral.

O acasalamento humano é um ritual trabalhoso.

Acompanhem comigo essa aventura passo a passo que, ao final, vocês irão concordar que chega a ser milagroso como o amor sobrevive a tudo isso.

E olha que eu resumi em dez passagens esta reportagem, com a finalidade de caber neste capítulo e caber na paciência do leitor:

1. Por acaso, Pedrinho e Glória se encontram. Se olham, se gostam, trocam telefones, trocam palavras e beijinhos. Dá vontade de se encontrar mais vezes, e olha eles aí ficando de rolo, como dizem, e de enroladinhos, namorandinho.

2. Já começa a complicar. A família dela precisa concordar que ele é de confiança para visitar e namorar na casa dela. A família dele precisa concordar que ela é de confiança para visitar e namorar na casa dele. É um namoro coletivo, com tias dando palpite, pais reclamando da conta de telefone e, em caso de briga, cada família tomando partido de seus filhotes.

3. O tempo passa e vêm as batalhas comuns do dia a dia a dois: ciumeira do Pedrinho com aquele colega de escola que abanou o rabinho para Glória, e que Glória tem de provar que não abanou de volta; ciumeira da Glória com aquela vizinha do Pedrinho que casualmente se encontra com ele sempre que ele leva o Tutty para passear, e que ele tem de provar que ela gosta é do Tutty e não dele; as famílias na torcida para que o caso vire noivado.

4. Mais alguns anos, e ficam noivos. Maior festa e a desfeita daquela prima chata da Glória que acha a aliança simples demais. Amigos do Pedrinho que se dividem entre duas opiniões: usar aliança é caretice e usar aliança espanta as garotas.

5. Dois anos depois, tomam a decisão de casar. E as famílias se dividem entre duas correntes: uma acha que é cedo demais, são muito jovens para isso; outra concorda com o casamento para depois que eles se formarem na faculdade. Pedrinho e Glória, os últimos a serem consultados, acham que não vão aguentar esperar tanto e radicalizam marcando a data do casório para dali a um ano.

6. Começa a questão da casa. Não pode ser qualquer casinha de cachorro. Nada de cinema, nada de praia, são dias e dias, séculos, recortando anúncios de jornal, batendo perna por aí atrás de casa. Acham uma finalmente e partem para a maratona de arrumar a papelada do financiamento. Tarefa para deixar qualquer um doido, já que a *burrocracia* dos bancos e do governo trabalha numa campanha permanente de ver quem desiste primeiro: se eles de darem o dinheiro para a compra da casa, ou os jovens de se casarem.

7. Resolvida essa parte da corrida de obstáculos, vem outra, em que toda paixão é testada, todo amor é colocado à prova, todos os sentimentos que deram origem a essa confusão viram apenas um detalhe menor. Importante agora é decidir o que Pedrinho e Glória vão fazer para sustentar as quatro boquinhas insaciáveis — duas deles, uma minha, outra da Mia Farrow.

8. Boa e sábia decisão: em vez de arrumar emprego — mesmo porque emprego de humanos jovens costuma ser chamado de estágio, maneira gentil e perversa de pagar pouco fazendo ralar muito —, Pedrinho e Glória resolvem montar seu próprio negócio. Um *pet shop*. Olhando para a minha cara, se inspiram para o nome do novo estabelecimento: "Tuttycão", e olhando para a carinha da Mia, arrumam a frase esclarecedora para colocar na placa: "e tuttygato também". Acho ruim para minha imagem ter meu nome associado à inferior classe dos felinos, mas Pedrinho e Glória já têm problemas demais pela frente, e fico na minha.

9. Penúltima etapa do rocambolesco acasalamento humano: triatlo roupas-cerimônia-festa. Para quem já nasceu bem vestido, não pede licença em cartório e igreja e cuja lua de mel é cada um para seu lado, como eu, todas essas coisas que se desdobram em mil outras coisas parecem puro desperdício. O que eu sei é que, entre provas de terno e vestido, escolha de bufê, decoração da igreja, convites e lista de convidados, as duas famílias e Pedrinho e Glória viveram uma temporada de furacão, de tempestades em copo d'água, de violentas emoções e nervosismo, com uma ou outra namoradinha rápida, que é para não perder o costume.

10. Vem o casamento propriamente dito. Mas não pensem que acabou a trabalheira, o cansaço e a expectativa. Nada. Aí começa um outro ritual surrealista chamado "morar juntos", cheio de altos e baixos, encrencas tantas que, para um cachorrinho que observa tudo de fora, mais parece que Pedrinho e Glória detestaram a fase em que namorar era só se preocupar onde é mais gostoso passar a mão e beijar.

Enfim, eles que são humanos que se entendam. Já tenho muita preocupação, entre elas, a principal, que é decidir se durmo do lado direito ou do esquerdo na casinha nova. E depois ainda tenho de visitar todos os postes vizinhos e outras tarefas extremamente complexas, nenhuma delas, claro, que se compare ao que acabei de narrar.

# 9

## Me perdendo, me achando

Nunca vou me esquecer desse dia. Um dia de cão.

Pois estou eu lá, na praça preferida, carimbando pela enésima vez todas as árvores, conferindo o cheiro de outros cachorros em todas as moitas, quando Pedrinho e Glória, entretidos em namorar e conversar, simplesmente... se esqueceram de mim.

Vocês já viram esse filme, mas não foi mole não. Vou até pular algumas partes para não chocar a plateia.

O fato é que me perdi pra valer, ao dobrar uma esquina que pensei que ficava perto, mas na verdade ficava bem mais longe; atravessar uma rua que imaginei que conhecia, mas que nunca vi mais gorda; correr pela calçada de uma avenida que parecia do meu bairro, mas era de outro; seguir um carro igualzinho ao do meu dono, mas com um dono bem diferente, até que começou a chover cada vez mais forte e parei num ponto de ônibus para descansar.

Pela primeira vez, não senti vontade de brincar com as pessoas que me olhavam, chamavam e passavam a mão, como sempre fazem as pessoas que gostam de cachorrinhos.

Eu estava muito triste e desorientado.

E quando se está triste e desorientado, se sentindo abandonado pra valer, pouco vale ter a certeza, como eu tinha, de que um cão nunca fica longe de seu dono porque quer. Cão só não volta para casa quando *não sabe* como voltar.

Meu caminho de volta durou três dias. No primeiro, vaguei como um cão danado procurando pistas, lugares familiares, vozes amigas. No segundo, quase viro anjinho canino se não tivesse escapado das rodas de um caminhão em alta velocidade. No terceiro dia, dei sorte: alguém reparou na plaquinha metálica de identificação que tenho pendurada na coleira, com meu nome e telefone.

Que alívio voltar com Pedrinho que, avisado, foi me buscar imediatamente!

Por mim, dormiria e comeria e brincaria no mínimo três dias seguidos para compensar o susto que passei. Mas já no dia seguinte, logo cedo, Pedrinho me disse que eu iria para uma escola de boas maneiras.

Claro que imaginei uma escola onde pudesse pular e latir o quanto quisesse, pois essas eram as *minhas* boas maneiras.

Acontece que não era nada disso. Tratava-se de uma escola de adestramento.

E dá-lhe aula de ficar paradinho, de não pular nos outros, de não atravessar a rua sem autorização, de estender a patinha para cumprimentar as visitas e um monte de outras coisas que contrariavam a minha natureza naturalmente farrista e deseducada.

Logo percebi, porém, que quando fazia tudo direitinho, Pedrinho ficava orgulhoso e se desdobrava em elogios a minha *performance* e minha inteligência.

Se eu não fosse tão modesto, diria que essa mesma minha notável inteligência logo me levou ao seguinte raciocínio:

Obedecer + Fazer Direito = Recompensas

E, afinal, o que custa deixar os humanos mais felizes com bobagens? Eles pensam que estamos obedecendo às suas ordens, sem desconfiar que estamos apenas trocando obediência por mordomias.

# Lua de mel a seis

Enfim... sós. Seu Pedrinho e Dona Glória casadaços. Casa montada, a loja Tuttycão inaugurada, meu cantinho arrumado no quintal, Mia Farrow num lugar que ela mesma escolheu, perto de mim, *pero no mucho*, mas minha intuição me assoprava que faltava algo.

Além da voz fina e sutil da intuição, sinais havia de que mudanças aconteceriam em breve.

Volta e meia flagrava Pedrinho e Glória comentando coisas e olhando diretamente para mim e para Mia. Quando percebiam que estávamos prestando atenção, disfarçavam e mudavam de assunto.

De repente, minhas suspeitas se confirmaram em pleno sábado à tarde.

Pedrinho me chamou para a sala e, com voz grave e séria, comentou que eu já não era adolescente e que estava na hora de assumir novas responsabilidades.

Continuei com a cara que sempre faço para parecer que estou entendendo, mas não estou. Pensei que fosse o que fosse que ele estava querendo me comunicar, que não se tratasse de me pedir pela milionésima vez que eu não pulasse nas visitas. Não pulava nele, nem na Glória (e olha que agora eles andavam sempre de calças brancas, como se fossem veterinários, mas não eram ainda, apenas donos iniciantes de um *pet shop*), não avançava na Mia, um *gentledog* completo, mais educado só reencarnando como setter.

Terminou seu discurso, me fez sinal para esperar, abriu uma porta e o que vejo surgir?

A confirmação de que anjo da guarda de cachorro não existe com a única função de nos livrar do perigo dos carros soltos nas ruas e dos banhos demorados!

Cadelinha linda assim *solamente* vira antes em dois lugares: nos meus sonhos e nos álbuns ingleses de exposições e concursos de raças da moda.

Nunca esperei encontrar uma criatura tão perfeita ali, na boca do lobo, desprotegida e carente da proteção de um cão forte, audaz e bonitão como eu.

Acho que ainda ouvi Pedrinho avisando para ir com calma, e tratar bem a nova moradora da casa. Meus olhos não desgrudavam daquela doce figurinha, meus ouvidos ouviam seus doces ganidos, e meu corpo recebia como afagos suas patadas e mordidas desesperadas para me manter à distância.

Caí abraçando, cheirando, lambendo e babando em cima daquele ser divinal, daqueles 0,80 x 0,45 cm de *playground* canino, e continuei assim, mesmo quando ela fugiu para o quintal e depois voltou para procurar socorro com Pedrinho.

Deve ser a emoção de me encontrar, pensei. Eu sabia que era apenas uma questão de tempo para que ela se rendesse a minha fome de amor e companhia feminina.

E eu me dispunha a dar todo o tempo do mundo — para se aclimatar ao novo ambiente e ao novo parceiro — a essa que seria minha companheira até o fim dos tempos, do mundo e dos meus pulinhos.

Fui compreensivo, gentil e, dadas as circunstâncias, comedido. A tal ponto que esperei por três vezes a eternidade de dez segundos para que ela se rendesse aos meus apelos. Mas ela era tímida e resolvi ser mais enérgico. Mesmo assim, ela me fez esperar meses: "Nunca ouviu falar que tem de aguardar a chegada do cio, meu bem?", me perguntou ela, quando sosseguei.

Se não fosse ardente o meu desejo, e ocupado tanto não estivesse eu em conquistá-la, talvez ficasse com vergonha de minha ignorância sobre o tal do cio. Hoje sei que é aquilo que dá nas cachorrinhas de tempos em tempos e faz com que elas nos deem a colher de chá de fazerem amor — mas, como cães machos como eu não têm disso, para que me preocupar?

Entendem por que me apaixonei perdidamente por ela? É que ela é perfeita, agradável, mesmo quando recusa meus carinhos. Afinal, não é que ela queira, sua natureza canina que é assim regulada.

Milady, assim com y (sempre gostei de quem traz y no nome, não sei por quê), o nome dessa angelical flor do meu jardim (falar nisso, tem jeito de não ser ridículo e cafona quando se está apaixonado? Nem gente, nem cachorro escapa! Como dizia, não meu avô, mas o poeta Fernando Pessoa, *ridícula é gente que nunca escreveu uma carta de amor!*), mas Milady, saibam todos, como soube eu, não era a única surpresa daquela tarde de sábado.

Mia Farrow também ganhou, pelas mãos de Glória, sua cara metade, representada por um gato duas vezes maior que ela, de longos bigodes, cara de poucos amigos e um enorme capote cinza chumbo, de nome e sobrenome Dom Gatão.

Logo de início estabelecemos um pacto de inimigos cordiais, um acordo de cavalheiros. Eu não me metia em seus assuntos, ele não se metia nos meus.

E foi uma temporada sensacional.

Nós todos adoramos. Os vizinhos talvez não tenham ficado tão entusiasmados assim, pois durante o dia tinham de aguentar os latidos meus e da Milady (ela insistia em pedir socorro do meu assédio) e, de noite, suportar a miadeira de Dom Gatão no telhado, chamando como um condenado pela Mia Farrow que — ele demorou a aprender — tinha medo de altura e também não estava ainda no tal do cio.

O tal do cio era o único assunto em que nós dois concordávamos, a única bandeira que uniria cães e gatos machos numa batalha, por se constituir um inimigo comum aos dois, uma atrapalhação, uma chatice.

Como Pedrinho e Glória estavam se revelando excelentes comerciantes, logo arrumaram outra fonte de renda, outra maneira de ganhar dinheiro, inspirada pelo atual comportamento de Dom Gatão e meu.

Anunciaram um novo setor do Tuttycão, uma espécie de agência matrimonial para cães e gatos solitários e à procura de par.

Choveram interessados e interessadas.

Pedrinho e Glória selecionavam as metades ideais para acasalamento e, se os donos quisessem, os encontros aconteciam ali na loja mesmo.

Nessas ocasiões, eles tomavam o cuidado de isolar Dom Gatão e eu, o que evitava a gente se engraçar com eventuais gatinhas e cadelinhas visitantes e também os ataques de ciumeira de Milady e Mia Farrow. Afinal, a única coisa que existe em comum entre cão e gato e padres é que nós também entramos na igreja. Se a porta estiver aberta, lógico.

Devo salientar que Pedrinho e Glória nunca reclamaram da algazarra que eu e Dom Gatão fazíamos ao tentar transformar o quintal e o telhado num motel para quatro patas.

Não apenas aceitavam com naturalidade como, em geral, estavam eles dois também ocupados em namorar e pronto.

Lua de mel não é chamada assim à toa. E bota mel nisso.

Além do mais, dizem que o amor é cego. Na minha opinião, é surdo também.

## Filhotes e fricotes, pixotes e piparotes

Atenção: neste capítulo só falam as mulheres. Primeiro, minha esposa idolatrada, salve, salve, Milady Antônio. Depois, a pedido de Dom Gatão, passo a palavra a Mia Farrow.

Isso, por motivos óbvios. Nós, os machos do mundo animal, não somos muito chegados a cuidados paternos. Nosso negócio é fazer filhos, depois as fêmeas que se virem para alimentar, aquecer e cuidar. Deve ser por isso que o feminismo nunca deu ibope entre os quadrúpedes.

A única exceção é o Pedrinho, que fez questão de ele mesmo dar seu depoimento.

Pelo conteúdo dos depoimentos, vocês vão perceber logo que este capítulo poderia muito bem levar o título de "Correio sentimental" ou "Por que meu filhote é mais bonitinho que o seu".

Dom Gatão, cínico do jeito que é, sugeriu o título "Cantinho babação".

Leiam que irão concordar com a gente.

Late, Milady!:

O Rajadinho é o esganado da turma. Se deixar, ele não tira só o leite, tira a tetinha junto. Acho (acho não, tenho certeza) que puxou ao pai, que acha muito engraçado me ver me debatendo pra desgrudar o filhote do mamilo.

Aliás, quero ver se o Tutty vai continuar rindo quando Rajadinho crescer e avançar na comida dele.

Depois, vem essa princesinha da mamãe, a Tieta. Eu preferia que se chamasse Maria Rabicó, mas Pedrinho decidiu por Tieta, porque, na sua opinião, bonitinha como é, será no futuro a musa dos springers spaniels. Tutty, machista e safado, concordou na hora.

Mas, se depender de mim, Tieta será uma cadelinha que não vai cruzar assim, sem mais nem menos, com o primeiro vira-lata que encontrar no caminho.

Se a lei que pune assédio sexual valesse para cachorros, estariam todos na cadeia.

E, finalmente, o Pregui. Detesto esse apelido.

Acho injusto. Está certo que ele gosta demais de dormir e é meio molinho, principalmente se comparado ao pai, este meu companheiro que só para quieto quando está cansado demais para bagunçar.

Seja como for, coração de mãe não se engana e confio que o Pregui (como podem ver, nem de Preguiçoso o chamam, pura má-vontade e preguiça) ainda vai revelar que herdou também a bateria de longa duração do pai.

Mia, Farrow!:

De minha parte, são quatro lindas gatinhas, literalmente.

Tem a BiAh, assim chamada por ter um olho de cada cor. Um azul, outro verde. Sua pelagem é bege clarinho, clarinho.

Embora nós, gatinhas, gostemos de passar horas nos limpando com a linguinha, BiAh é meio exagerada e, de tanto se lamber, às vezes até engasga com os pelinhos.

Enfim, antes limpinha em excesso que fedidinha.

Já a Agata Christie é a intelectual da família. Tão inteligente que nem corre toda hora atrás de um pedaço de papel que Pedrinho amarra num barbante e fica puxando. Todas vão atrás pensando que é um rato, mas Agata Christie sabe a diferença entre uma bolinha de papel e um ratinho. E aprendeu sozinha, sem ninguém explicar nada pra ela.

Por sua vez, a Terezinha não larga do pai.

Dom Gatão diz que é normal esse xodó, pois ele sempre foi irresistível para qualquer gatinha.

Terezinha é uma gracinha, e Dom Gatão o que sempre foi: um convencido e debochado.

A última é a Dona Perignon, com seus pelos cor de champanha.

Amo a todas, mas esta é a que mais corresponde aos miaucarinhos.

Por ela, a gente ficava no dengo o tempo todo. Tenho de me controlar nos afagos para não atiçar o ciúme das outras, mas me derreto toda com a Dona Perignon.

**Fala, Pedrinho!:**

No começo, quando Glória avisou que estava grávida, confesso que fiquei meio enciumado.

Já tenho uma porção de concorrentes disputando a atenção dela todos os dias, principalmente o Tutty e a Mia. Milady e Dom Gatão adoram a Glória, mas não ficam se enroscando nela pedindo cafuné o tempo todo, como aqueles dois carentes profissionais, que parecem dois maiores abandonados, dois grudes.

Eu temia que, com eles e mais seu próprio filhote, Glória me achasse meio dispensável. Com a corte aumentada, dispensasse a atenção do maridão. Porém, à medida que crescia a barriga, crescia o meu entusiasmo. Acho que cheguei a tal ponto que me sentia grávido também.

A reta final da gravidez coincidiu com o nascimento dos cachorrinhos e das gatinhas. Achei que era um bom sinal tanta vida nova chegando, mas meu nervosismo não me deixava ficar alegre completamente.

Quando finalmente Glória deu à luz o pequeno e rechonchudo Rodrigo, foi um alívio e um contentamento que me fez esquecer todos os enjoos da Glória nos primeiros meses, todas as noites em claro pelos alarmes falsos das contrações, nos últimos. Por três vezes, saí com a Glória correndo para o hospital, acreditando que chegara a hora. E em todas voltamos para casa, Glória e seu barrigão, eu carregando a mala que sempre aguardava pronta, de plantão, ao lado da cama. Gozado é que na hora que foi pra valer, esqueci a mala.

Agora aqui está. Rodrigo e seu jovem pai. Já posso olhar Tutty e Dom Gatão em igualdade de condições, no mesmo patamar superior de quem sabe que contribuiu para o mistério mais delicioso do universo. Uma emoção maior do que quando ganhei um filhote de cãozinho. Este não veio pronto, fui eu quem fiz. É o meu filhote de fato, direito e merecimento.

E por mais que a mãe da Glória não ache, é a cara do pai. E vai ser como o pai e vai gostar de bichos, e vai ganhar um cãozinho só dele quando for grande, e vai fazer tudo que eu já fiz, o que eu não fiz e o escambau a quatro.

Se não acontecer assim, tudo bem. Tenho bastante tempo e um belo motivo, fofinho, mijão e risonho, para sonhar.

## Modelo de propaganda sofre!

Para agradar aos consumidores e conseguir convencê-los a comprar os produtos que anunciam, os publicitários são como cachorrinhos quando querem conquistar um ossinho a mais de alguém: ficam de pezinho, buscam a bolinha e a trazem de volta, abanam o rabinho, esbanjam simpatia.

Nem sempre dá certo, como sabemos todos nós que assistimos televisão: podemos adorar o anúncio, e detestar ou simplesmente não precisar do produto.

De televisão, cachorro entende. Afinal, passamos metade da vida perto dos donos, e os donos passam metade da vida na frente da tevê. Eles assistem, nós dormimos.

Mas estávamos todos bem acordadinhos e animados quando chegamos ao estúdio, um galpão grande cheio de pessoas trabalhando e câmeras e luzes, para gravar nosso primeiro comercial.

O publicitário era amigo do Pedrinho, cuidava da propaganda de uma fábrica de rações, conhecia todos nós e tinha tido uma ideia genial, que seu cliente topou na hora.

O roteiro do comercial começava com duas tigelas de alumínio vazias. Em uma, era colocada ração para cães. Na outra, ração para gatos, da mesma marca. Daí, um casal de cachorrinhos e seus filhotes entravam em cena e se punham a comer animadamente a ração da primeira tigela. Logo em seguida, um casal de gatinhos e seus filhotes também entravam e comiam na segunda tigela. Enquanto a voz do locutor garantia que a marca

X fazia uma ração gostosa para cães que até gatos iam querer experimentar, e também uma ração para gatos tão deliciosa que até cães sentiriam vontade de dar uma beliscadinha, os cães e gatos trocavam de lugar, se pondo cada um a comer na tigela do outro.

A ideia de fato era boa. Restava saber se os atores concordariam, pois não haviam sido testados antes.

O publicitário e o dono da fábrica de rações — que tinha ido assistir às filmagens — devem ter vestido calças brancas para nos agradar. Suportaram meus pulos, os de Milady e mais os pulinhos de Rajadinho, Tieta e Pregui, nessa altura bem grandinhos.

Câmeras e tigelas a postos, tudo ficou pronto e entramos em ação.

Foi tanta confusão que o simples comercial quase virou uma superprodução de cinema, não tanto pelas providências, mas pela dificuldade em controlar o elenco.

Eu era sempre o primeiro a avançar na ração. E nem sempre na minha. As únicas que faziam tudo direitinho eram Milady e Mia Farrow.

Milady, porque obedecia ao Pedrinho. E Mia, porque adorava se exibir diante de uma câmera.

Dom Gatão detestava receber ordens e ia para sua tigela quando queria.

Rajadinho, Tieta e Pregui se dirigiam em todas as direções, menos para a tigela.

BiAh, Agata Christie, Terezinha e Dona Perignon preferiam procurar colos quentinhos ao redor em vez da tigela.

As horas passavam e a equipe tentava o impossível. O publicitário e o dono da fábrica de rações insistiam, chegando a ficar de quatro, cada um na frente de uma tigela, para dar o exemplo. Um dos técnicos sugeriu que seria melhor trabalhar com cães e gatos desenhados em computador.

Pedrinho desempatou a questão: "coloquem pedaços de carne embaixo da ração dos cães, e de peixe, na dos gatos", recomendou ele.

Quase funcionou. Digo quase, porque nós todos remexíamos as bolinhas de ração, garimpando até achar os petiscos.

Alguém melhorou a técnica, cortando a carne e o peixe bem picadinhos e misturando com as rações.

Comemos direitinho. Filmaram. Filmaram de novo, comemos de novo.

Lá pela milionésima filmada, e mil e uma comidas, nem eles aguentavam mais filmar, nem nós aguentávamos mais comer.

No dia seguinte, a segunda parte do comercial, a mais difícil.

Imaginem eu, Milady e nosso trio trocarmos de lugar com Mia, Dom Gatão e seu quarteto.

Tirando Milady e Mia, bem-educadas, é coisa pra leão dirigir essa turma sem que eles acabem bagunçando ou brigando, principalmente os mais estabanados, que são os filhotes, mas que a equipe jurava que eram Dom Gatão e eu.

Quem decidiu a parada foi Glória. Chamou todos nós num canto e ameaçou: "se vocês não se comportarem, vão ter de comer essa ração o mês inteiro. E pura!".

Como cães e gatos não são burros, só fingem que são quando convém, seguimos o *script* ao pé da letra, obedientes e calmos.

Foi legal a experiência. O comercial, um sucesso.

O único problema é que o publicitário e seu cliente também gostaram do resultado e nos presentearam com uma tonelada da ração anunciada.

Para não fazer desfeita, Pedrinho e Glória nos servem a indigesta gororoba cada vez que o publicitário nos visita. Mal sabe ele que a gente detesta essa ração, só come em último caso, quando não tem mais nada.

    Aqui em casa temos bom gosto, preferimos um filé *mignon*, um salmão, e não acreditamos em propaganda. Nem naquela que nos mostra comendo a ração X como se fosse um manjar dos deuses.

    Garanto que ali os atores são bons. A ração é que é uma droga.

## O sonho e a realidade, natureza e homem

Dormia um sono profundo quando ouvi uma voz suave me chamar ao longe.

Caminhei por uma trilha na floresta, com árvores que pareciam fadas verdes dançando por entre a neblina da manhã. Segui a luz avermelhada que saía de uma caverna e andei bastante, cada vez mais para o fundo. Havia pedras de todas as cores, que me sussurravam para seguir em frente.

Parei finalmente num ponto onde a luz brilhava forte, mas sem ferir os olhos. Dali vinha a voz, que me pediu que sentasse e ouvisse. Com entonação leve e cansada, contou esta história:

"Vim de longe, desconfio que de uma estrela que explodiu porque não cabia em si de contentamento pela alegria de existir; mas se sentia sozinha e resolveu se multiplicar em vários pedaços de fogo para se fazer companhia.

Um desses pedaços, não o maior, mas enorme, se tornou a Terra.

Encolhi meu fogo para o meio de mim, esfriei minha superfície ovalada e permiti que outras vidas, infinitas delas, passassem a me habitar.

Muitas delas não se adaptaram, outras se transformaram e, milhões de anos e milhões de espécies, experiências e tipos depois, cheguei ao patamar onde estou. Com bichos, plantas e a expressão mais fora de controle de todas as minhas criações: o ser humano.

Apesar de ser como todas as formas, uma extensão de mim, de meu desejo, o ser humano vem se revelando uma sucessão de prazeres e frustrações.

Ao contrário de bichos e vegetais, dóceis elementos que cumprem seu ciclo de aceitar o que apresento, o humano não se conforma e se rebela contra seu destino de parte de mim.

Como mãe que segue orgulhosa a independência de seu filho, de suas tentativas de escrever sua própria história, venho penando um bocado.

Às vezes, temo que esse filho voluntarioso e criativo acabe por esquecer que sou sua fonte, seu berço e seu retorno, terminando por me destruir com sua pressa, suas expressões de raiva, me maltratando por dinheiro. Sua capacidade de construir e exterminar me espanta.

Mas o medo maior é de que ele se esqueça — como tem acontecido com frequência — de que ele também é bicho, também é planta, também é Terra.

Tremo com suas bombas, me ferem a carne suas construções, me tira o fôlego sua poluição, me inquieta quando ele se volta contra as outras vidas — suas irmãs — e contra si mesmo.

Nesses momentos, rezo para que esse filho querido e rebelde use sua inteligência e sensibilidade para redescobrir como o chão marrom de meu peito respira, como meus seios verdes vertem leite ininterruptamente, como minhas entranhas multicoloridas revelam tesouros. E que por direito isso é seu, mas não só seu, de todos.

E tenho a esperança de que ele valorize a delicadeza, e se sinta como habitante do paraíso, onde os únicos limites são a violência e a loucura de acabar com sua casa. Onde mais terá esse filho esse jardim, esse aconchego, essa segurança?

Outras mães de fogo podem um dia no futuro vir a adotá-lo? Mas quem desejará um filho que abandona, sem motivo, sua mãe de verdade?

Te conto isso porque você é um cão, aquele que, por estar mais perto do homem, ele respeita e aceita.

A você cabe lembrá-lo de que ele também precisa de amor, de paz, de carinho e convivência fraterna entre seres que pulsam e vivem no meu colo, nos meus braços."

Acordei de verdade e tratei de levar a mensagem da voz para Pedrinho, Glória e a todas as visitas da casa naquele dia. Do meu jeito, com meus pulos, minhas lambidas, meus convites a brincadeiras e meu olhar de compreensão.

Acho que eles entenderam e penso que ouvi a voz me incentivando a prosseguir, a tentar sempre e sempre fazer os homens se reconciliarem com a Terra.

Mas pode ter acontecido que meus sentidos tenham se alterado pela força da felicidade que sinto ao confraternizar com os humanos — seres filhos da Terra como eu, como a natureza inteira —, e que tudo tenha sido, infelizmente, apenas mais um sonho.

## Epílogo

(Mas não o fim)

## ADEUS, MEU DONO
## ADEUS, MEU AMIGO

Adeus, meu dono
Adeus, meu amigo
Foi bom viver ao seu lado
Espero ter sido bom viver comigo
Não pergunto para onde vou agora
Nem mesmo porque estou indo
(Aos cães, Deus resolveu
bondosamente perdoar dúvidas)
Se for como foi aqui
Com certeza estarei rindo

Levo a lembrança
De nossos dias em festa
Afinal minha alegria
Todo dia era de criança
Quantas vezes não consolei
Sua solidão e tristeza
Latindo: estou aqui
Olha do sol a beleza
Reparte comigo o que não sei
Você se sentindo um caco
Para mim sempre um rei

Adeus, meu dono
Adeus, meu amigo
Entro em paz neste sono

Deixando cumprida a missão
De um cão neste mundo insano:
Fazer bater feliz seu coração
Tornar seu sentir mais intenso
E, por que não dizer, mais humano.

# Nota de Ulisses Tavares, escritor e cachorreiro

Não se preocupem. Tutty está, felizmente, mais vivo que nunca. Mas quando chegar seu momento de adeus, como o de todos nós um dia chegará, estou certo de que sua despedida será com um poema como aquele ali atrás, cheio de amor e generosidade. Se você já perdeu um cão (e eu já perdi dois), não precisa tentar esquecê-lo, mas adote um outro cãozinho logo que possível. É a maior homenagem que você pode fazer à sua lembrança. É o que ele gostaria que você fizesse, pois tudo que ele deseja agora é o que sempre desejou antes: que você seja feliz. E ele sabe também que é mais fácil você ser feliz com um cãozinho ao lado.

Deus fez tipos e raças de cães bastante diferentes, mas em cada um deles colocou a igual e imensa capacidade de amar e ser amado. Eu garanto que é verdade, e o Tutty assina embaixo em todos os momentos de nossa vida. Agora inclusive, quando estou indeciso se termino o livro por aqui, e ele, aos meus pés, me olha implorando por um passeio. Acho que tem razão. Eu e ele precisamos espairecer um pouco, depois de tanto trabalho escrevendo, eu na frente do computador, ele embaixo, me ditando suas memórias. E, afinal, é uma linda noite de inverno, sem lua, com chuva fina, e são apenas duas horas da madrugada.

# Guia dos curiossos

Segredos e curiosidades do mundo canino, revelados por Tutty Antônio

## Auricão

### O Aurelião dos cães

**Au.** Língua internacional dos cães, uma espécie de esperanto canino, o que permite que eles se entendam em qualquer parte do mundo. Há apenas uma raça, a akita japonesa, que não se comunica com aus-aus ou raramente se utiliza dessa linguagem, sendo por isso recomendada para monges e surdos em geral.

**Banho.** Prática humana, artificialmente introduzida na cultura canina. Quem estranha a alegria de um cão depois do banho, saiba que ele não está contente por ter ficado limpinho, mas sim porque acabou a tortura.

**Cain-cain.** Antônimo de au-au. Adaptado do ai-ai dos humanos, com o mesmo significado.

**Dono.** Nome genérico que designa aquele que é eleito pelo cão para ser o líder da matilha.

**Entre.** Ato de entrar num recinto. Com dois significados: na frase "entre em casa", quer dizer que o cão pode adentrar na sala; na expressão "entre já na casinha", funciona como sair da casa.

**Fidelidade.** Qualidade instintiva dos cães, o que os torna não só o melhor amigo do homem como muitas vezes o único. Cachorro só é volúvel com as cachorrinhas, o dono é para sempre.

**Grrrr.** Inofensivo alarme canino, emitido antes que o

cão abra a boca inofensivamente para fechá-la em seguida, esta etapa, sim, perigosa. Confira também: pronto-socorro, cortes, mordidas, e o livro *Cães inteligentes, mordidas insensatas.*

**Homem.** Ser criado por Deus para cuidar e divertir os cães em sua passagem pela Terra.

**Inteligência (canina).** Prova definitiva do QI de um cão é que cachorro não faz guerra, não se candidata a deputado e não tem sogra.

**Jornal.** Papel higiênico de cães, especialmente quando filhotes.

**Latido.** Tagarelice canina contagiante, que faz com que todos os cães ao redor comecem a latir só porque um latiu primeiro. Teorias recentes especulam que é um código criado pelos cães para falarem mal dos humanos, sem que estes se sintam ofendidos.

**Mulher.** *Vide* Homem.

**Não.** Palavra que ao entrar no ouvido de um cão, soa como seu contrário, o sim. Isso explica porque alguns cães demoram tanto a entender coisas simples como "não faça cocô aí", "não pule na visita" e outras parecidas. Problema de neurolinguística.

**Osso.** Espécie de primitivo manjar canino, atualmente substituído por comidas enlatadas e ossos artificiais de formas estranhas, como borboletas, chinelos e até mesmo... ossos.

**Plaft.** Onomatopeia característica do som produzido por patas caninas molhadas sendo impressas em calças brancas.

**Queridinho.** Adjetivo muito usado por madames para conversar com cachorrinhos mimados.

**Raça.** Cão de raça é aquele que já nasce com destino traçado: para caçada, para guarda, para companhia. Mas a grande maioria desmente o destino da raça e passa a vida não fazendo nada, sendo cão apenas, o que, convenhamos, é o que dele se espera.

**Sem-vergonha.** Nome de todo cão quando faz alguma coisa que o dono não gosta. Os cães costumam reagir a esse adjetivo fingindo que não é com eles. Confira também: feio, sujo e malvado.

**Totó.** Tão comum que já se tornou sinônimo de cachorro. Como existe o Zé para os humanos, existe o Totó para os cães.

**Último.** Esta palavra não existe no dicionário dos cães. Não existe para eles último passeio, último biscoito ou última transada. Para um cão, tudo que é bom pede bis.

**Venha.** Palavra que depende do contexto em que é aplicada. Se é para comer, o cão já foi. Se é para ser castigado, não é com ele.

**Xixi.** Fertilizante líquido de postes.

**Zzzzzz.** Som habitual emitido pelos cães quando não há nada interessante o suficiente para manter seus olhos abertos.

# Filosofia canina

* Um cão é igual ao outro. Só o seu é completamente diferente.

* Do ponto de vista do cão, os humanos precisam ser continuamente protegidos, mimados e dão muito trabalho para serem adestrados.

* Um cão é capaz de ouvir durante horas seu dono falar sobre os mais variados assuntos e achar tudo muito interessante. E por não entender nada, não dar palpite e concordar com as maiores bobagens, é chamado de melhor amigo do homem. Talvez porque um amigo não teria paciência de aguentar isso sempre.

* Nenhum cão agrada seu dono esperando alguma recompensa. Mas não é por isso que você vai ser tão muquirana.

* Lei de Murphy dos cães é encontrar a cadelinha dos seus sonhos com dez cachorros maiores que ele na fila.

* Cachorro bonzinho quando vai pro céu, em vez de um par de asinhas, ganha um par de postes só para ele.

* Cachorro quando vai pro inferno encontra um diabo obcecado por limpeza que lhe dá banho toda hora.

* Frustração total é guardar o xixi para o passeio e começar a chover bem na hora de sair.

* Para um cão, é Deus no céu e o dono na Terra. E como cães não costumam ser muito religiosos, só é devotado ao dono.

* Se cães e gatos se dessem bem uns com os outros, a vida seria um tédio.

* Cães são *gourmets*, e gostam de comer do bom e do melhor. O que atrapalha é a fome canina.

* Definitivamente, cães não têm frescura. Mas aprendem rapidinho.

* Um cão é sempre mais inteligente que um gato. O gato só é inteligente quando foge do cão.

* Pessoas neuróticas e problemáticas podem e devem ter cães para se acalmar. Cães já nascem formados em psicologia.

* Não há nada que um passeio com um cão não resolva.

* O amor de um cão é sempre maior que ele.

* Só um cão consegue eleger um idiota, fracassado e chato como seu herói para a vida inteira.

* O rabinho abanando de um cão é sempre sincero.

* Se não fossem os cães, os homens sentiriam como, às vezes, é triste e solitário viver entre os homens.

* Como os cães são modestos, eles botaram uma cedilha na palavra coração.

## Cãotura ao alcance de todos

### O papel do cão através dos tempos. Pesquisa histórica

* Muito se tem levantado sobre a vida do homem pré-histórico, mas quase nada sobre o cão pré-histórico. Apenas recentemente, na caverna de Orly, França, foram encontrados vestígios do *Crão Magnon:* esse notável exemplar era capaz de roer todos os ossos de um bisão em poucas horas. Estudiosos sabem da existência de cães nas cavernas pré-históricas por causa da ausência de ossos. Enquanto o homem deixava tudo jogado em qualquer lugar, o cão pré-histórico, bem maior e mais forte que seus contemporâneos, enterrava tão bem, que até hoje pouco se encontrou.

* Na Grécia clássica, os cães eram vistos como pensadores de primeira grandeza. Heródoto conta que existiu um grupo de sábios que, após muito meditar sobre a condição humana, chegou a conclusões tão profundas e graves que preferiu assumir a forma canina para não ter de revelar seus segredos. Seus seguidores são conhecidos como filóssofos.

* Marco Polo trouxe do Oriente o macarrão, a pólvora e o cão. Por mais de uma década, embora tivesse ensinado a corte a fazer macarrão e pólvora, se recusou a contar para o rei que palavras usava para o cão sentar e fingir de morto. Essa teimosia deu origem à expressão "tortura chinesa".

* Não foi Cleópatra quem conquistou o imperador romano Júlio César. Na verdade, César se encantou com o basset de estimação de Cleópatra, o tipo de cachorro que ele sempre quis ter na infância e sua mãe nunca permitiu. Espertamente, Cleópatra trocou o basset pelo império egípcio e a Mesopotâmia pelo cobertorzinho bordado a ouro com as iniciais do cão.

* Também Júlio César nunca disse "meu reino por um cavalo!". A frase certa foi "meu reino por um cão!", pronunciada quando o basset se perdeu ao ir brincar com um jacaré no rio Nilo.

* Maria Antonieta subiu tranquilamente ao cadafalso para ser guilhotinada, após ter recebido a garantia dos revolucionários de que os cães reais não teriam o mesmo fim, preocupação que a fazia perder a cabeça.

* Napoleão andava com a mão enfiada no casaco para acariciar seu schnauzer friorento que se abrigava ali.

* Cérbero, o cão mitológico que guardava as portas do inferno, aprendeu com seu dono, o diabo, o truque de se arrastar silenciosamente até a vítima e só latir quando esta se encontrasse na beirada do caldeirão de óleo fervente.

* Também na mitologia grega, Zeus provocava terremotos quando atirava uma bolinha, do Olimpo à Terra, para seu cão ir buscar. A bolinha, no caso, era uma rocha de seis toneladas.

* Não há registro da participação de cães nas guerras. Por isso sobreviveram a todas.

* Em *Disney, biografia não autorizada*, conta-se que Pluto originalmente é quem possuía um ratinho de estimação chamado Mickey.

* Diz antiga lenda escandinava que, certa vez, um cão salvou um gato de ser congelado por forte e repentina tempestade de neve. Cheio de culpa, mudou-se para o Alasca onde, para se castigar, inventou o trenó puxado por cães renegados como ele.

* Papai Noel existe. O que não existe são as renas. Aquilo é tudo cachorro *clubber*, *drag queens* caninas se divertindo no Natal.

* O cão de Michelangelo passou para a história por mudar de cor todos os dias. Na verdade, ele sempre foi de uma cor só, mas acompanhava seu dono na pintura do teto da Capela Sistina, saindo todo respingado de tinta.

* Cães não inventaram diretamente nada. Mas sua existência provocou a criação de várias conquistas tecnológicas. Durante a Guerra de Secessão nos Estados Unidos, cães eram usados como mensageiros e, para que não ficassem parando nos postes do caminho, inventou-se o telégrafo sem fio. Também a mãozinha plástica coçadora de costas surgiu por necessidade de um certo McLaren Hill, para poder continuar convivendo com seu cão pulguento. E, mais recentemente, a equipe de Bill Gates trabalha no desenvolvimento de um *software* que permita ao cãozinho do chefe passear em realidade virtual nos dias de chuva.

* Cães são citados muitas vezes na Bíblia. Confira em *Cão*ríntios III.

# Os cães poetas, por eles mesmos

### Pointer
já fui um cão de caça
ainda conservo este porte belo
mas os tempos mudaram
o jeito é caçar chinelo.

### Poodle
não se enganem com meu tamanho
de coragem não dou vexame
alerto e avanço mas gosto mesmo
é de um colo de madame.

### Terrier
me chamam de pelo de arame
mas isso é disfarce do espeto
por um cafuné benfeito
logo me derreto.

### Basset
eu não sou triste nem abandonado
apenas pareço assim no olhar
até que é bom pois desse jeito
todos querem me pegar.

### Dálmata
meu negócio é brincar
taí algo que entendo do riscado
não fosse feito para brincar
por que já nasceria fantasiado?

### Pastor
meu nome é minha sina:
colocar ordem na casa e no rebanho
manso e dócil como ovelha
sou feroz só com estranhos.

### Cocker Spaniel
não tem como resistir,
nasci bonito e para companhia
um cocker é para sempre
faça tempo bom ou ventania.

### Boxer
mistura de mastiff e buldogue
tenho na vida várias danças
uma que todo mundo conhece
é amar as crianças.

### Dobermann
sou inteligente mas meio estourado
família — humana ou canina — é valorizada
mas o que vem de fora
acho sempre que merece dentada.

### Rottweiler
tem um cego? Deixa que guio
tem criança? Deixa que protejo
servir, servir, servir,
é tudo que eu almejo.

### Vira-lata
de todas as raças, sou um
pouco de cada, talvez a mais pura
o melhor de cada uma
para sempre em minha mistura.

# Cãoriosidades

## Ou: tudo o que você queria saber sobre os cães e eles não tiveram paciência de responder

### Quando surgimos

Estudiosos dizem que tudo começou com um animal que existiu há cerca de 15 milhões de anos, o *Tomarctus*. Era já muito parecido com um lobo. Seus descendentes desenvolveram-se em chacais, lobos, coiotes, raposas, espalharam-se pelo mundo e um deles está agora vivendo com você. Cães e homens só se encontraram milhões de anos depois, quando o *Tomarctus* virou definitivamente *Totó*.

### Nossos primeiros donos

O pessoal da Idade da Pedra, no que hoje é a Europa, há dez ou vinte mil anos, começou a moda de ter cães domesticados. Imagina-se que fez isso para ajudar nas caçadas, mas é bem provável que os cães estivessem de olho naquelas casinhas, as cavernas, há bastante tempo, principalmente depois que notaram que os humanos desperdiçavam uma montanha de ossos bem grandes e apetitosos.

### A primeira raça criada

A maioria das raças foi se fixando em tamanho, cor e capacidade de realizar certas tarefas. Os antigos gregos criavam grandes cães para a caça de leões. Às vezes, se confundiam, tosavam a juba de um filhote de leão que, quando crescia, acabava comendo o dono. Os romanos desenvolveram cães para pastorear carneiros. Os chineses selecionavam cães de vigia. Algumas raças surgiram nos últimos séculos, como os buldogues, que os desportistas ingleses utilizavam no século XVI para enfrentar touros. A mais antiga é a dos galgos, desenvolvida pelos antigos egípcios há oito mil anos.

## Quantas raças existem

Os *Kennel Clubes* (associações criadas para a elite dos cães se exibir e onde o *cãoetariado* não entra) registram cerca de 130 raças puras em todo o mundo. Essas raças se dividem em seis grupos: cães esportivos; cães de caça; cães de trabalho; terriers; cães miniatura e cães não esportivos.

A esmagadora maioria dos donos de cães, porém, simplesmente divide as raças em dois grupos: o Grupo do Meu e o Grupo dos Outros, sendo o Grupo do Meu sempre superior em personalidade ao Grupo dos Outros.

## O menor, o maior e o mais pesado

Não muito maior que um pombo, temos o chihuahua, que pode ser carregado na bolsa, mas não deve ser esquecido no sofá quando aquele seu amigo, gordão e distraído, vem visitá-lo.

No outro extremo, temos o wolfhound irlandês, com 90 cm de altura. Nada impede que você crie um cachorro desses num apartamento pequeno, desde que você e ele morem por revezamento.

Com quase cem quilos, o são-bernardo é um péssimo exemplo para quem está pensando em emagrecer.

## Tempo de vida

Um cão pode viver até trinta anos, mas em geral vive a metade disso.

Para se comparar a vida do cão com a do homem não é fácil, mas, em média, um filhote de seis meses pode ser comparado, em desenvolvimento, com uma criança de dez anos e um cão de dois anos, a um homem de 24 anos.

A partir dos dois anos, cada ano de vida de um cão equivale a cerca de sete anos da vida de um homem.

Embora viva bem mais, isso não é muita vantagem para o homem, porque tem muita gente que leva uma *vida de cachorro*. No mau sentido, claro.

## Instintos selvagens

Não parece, mas esse seu cachorrinho de estimação é um animal. E como todo animal, conserva vários dos instintos de seus antepassados selvagens.

Esse jeitão de devorar a comida, por exemplo, não é porque ele seja guloso apenas. Era sua maneira primitiva de impedir que outros animais apanhassem sua preciosa comida.

Também esse hábito de fazer várias voltas antes de se deitar não significa que ele seja bobo. Servia para pisar o mato e fazer um colchão mais macio e aconchegante.

E, finalmente, aquele rabo entre as pernas quando está com medo é simples: protegia a cauda contra os inimigos. É também a origem da expressão, hoje adaptada e usada pelos humanos, "quem tem rabo, tem medo".

## Diferenças entre cães e humanos

Também nem sempre parece, mas cães são diferentes de seus donos até no funcionamento dos sentidos.

Os cães reconhecem as coisas pelo olfato, enquanto os homens as reconhecem pela visão. O cão pode perceber o cheiro de um objeto que o dono tenha segurado nas mãos apenas um segundo.

Cães conseguem mover as orelhas para localizar melhor de onde vem determinado som. Além disso, podem ouvir sons à distância de 230 metros, enquanto os humanos ouvem até 25. Por isso, cuidado com o que fala sobre seu cão: ele pode ouvir mesmo não estando por perto.

## Cães famosos

Além da turma da TV Colosso, do Pluto, do Rintintin, do Beethoven e da infinidade de *cãenastrões* do cinema e da televisão, existem muitos outros cachorros que já entraram — literalmente — para a História:

*Albe* era tão bom caçador, que o rei de Connacht, na Irlanda (século XII), ofereceu por ele nada menos que seis mil vacas. Rei do gado é isso, o resto é vaqueiro.

*Argos* foi o único a reconhecer o herói grego Odisseo quando ele regressou ao lar, disfarçado de mendigo, após vinte anos.

*Igloo*, um fox terrier, acompanhou seu dono, o almirante Richard E. Byrd, aos polos Norte e Sul, nas primeiras expedições aéreas aos árticos.

*Balto* foi o cão esquimó que chefiou o grupo que levou uma remessa de soro contra a mortal difteria, em 1925, no Alasca, andando 1 050 km em meio a nevasca.

*Greyfriars Bobby* levou ao extremo a fidelidade canina: depois que o dono morreu, em 1858, passou dez anos ao pé da sepultura. Na Inglaterra.

*Laika* foi a primeira viajante espacial do mundo, lançada sozinha em satélite artificial em 1957.

# Manual Tutty de adestramento de donos

Sei que este é um livro de memórias de um cão, e não um manual de autoajuda.

Mesmo assim, não resisto à vontade de aproveitar este espaço para colocar aqui um resumo do novo livro que estou escrevendo. E que é exatamente um guia para cães saberem lidar melhor com seus donos. Porque quem já teve um, sabe: donos demoram para aprender, são geniosos, cabeças-duras e, embora totalmente adoráveis, precisam de pulso firme para entender aquilo que esperamos que eles façam.

Este pequeno e prático manual pretende servir de orientação e estímulo a todos os cães que encontram em seu dia a dia imensas dificuldades para que seus donos correspondam às suas expectativas. São truques simples, mas que foram testados com êxito por mim, em ocasiões diversas:

## O que fazer com um jornal

Vá com calma. Este é um negócio bem complicado: ensinar ao dono o que fazer com o jornal que chega de manhã exige tempo e paciência e dedicação canina.

Aos poucos, mostre a ele que você vai buscar o jornal, sim, e trazer a ele, sim, mas aos poucos, sim, aos pedacinhos. Também aos poucos, ele vai entender e aceitar que assim é bem mais divertido.

Com o tempo, ele acabará entendendo que cão gosta é de fazer bolinhas de papel com o jornal e que isso é melhor para o dono, que recebe as más notícias do dia aos pouquinhos, uma a uma.

92

## Xixi e cocô: o melhor lugar

Donos são criados e adestrados desde cedo, da mais tenra infância, para despejarem cocô e xixi na privada. Por isso estranham que a gente prefira ao ar livre.

Até eles compreenderem que preferimos ali, no caminho do portão das visitas, no pneu esquerdo do carro, na porta da sala, temos de ter toda a paciência deste mundo.

De preferência, faça de conta que nada está acontecendo. E continue defecando e xixizando onde você acha mais legal. Seu dono ainda vai acabar aprendendo a se desviar naturalmente da sujeira.

## Treinando visitas

Visitas, não esqueça, são aqueles que não conhecem bem sua casa nem seus hábitos. Sabendo disso, seja gentil.

Nada de morder quando a visita sentar em seu lado preferido do sofá. Apenas rosne suavemente. Geralmente é suficiente para ela pular e perguntar se pode mesmo sentar ali.

Visitas também demoram para identificar o verdadeiro dono da casa — que é você. Portanto, nada de ciúmes exagerados.

Quando o visitante demorar tempo demais para lhe dirigir totalmente a atenção e a palavra, basta se postar em sua frente, encarando-o fixamente.

Sobretudo, não esqueça que visitas não sabem direito sobre seus hábitos prediletos, como pular em suas calças brancas; portanto, trate-as como crianças e tudo sairá a contento, perfeitamente bem.

## Levando o dono para passear

Pesquisas recentes indicam que metade dos donos gosta de passear com seu cão, metade preferia continuar sentada na poltrona. E que todos reclamam que se sentem puxados pelo cão, quando deveria ser o contrário.

Esse é um conflito de interesses (quem leva quem) que você deve resolver por revezamento.

Um dia, você puxa o dono pela guia; noutro dia, finge que é ele que está puxando.

Sei que não é fácil se conformar, afinal, decididamente, cães nasceram para liderar a matilha (e seu dono é toda a sua matilha!), mas a diplomacia é a única solução.

## Educando o chef

Também aqui, a violência não é a melhor reação.

Nada de derrubar a vasilha, quando seu dono coloca aquela ração sem graça para você almoçar ou jantar. Um olhar de desprezo pode ser o suficiente. Se mesmo assim seu dono não compreender que você é um *gourmet* e não variar o cardápio, use a greve de fome.

Depois de você ignorar solenemente a ração algumas vezes, seu dono vai ficar com medo de que você fique doente e providenciará um franguinho cozido ou, com sorte, uma bisteca malpassada. Mas seja esperto: antes de iniciar a greve de fome, faça um bom estoque de pães duros no fundo de sua casinha.

Eficiente também neste caso é fazer cara de fome e gemer baixinho, encarando sem piscar seu dono cada vez que ele estiver à mesa. Experimente essa tática quando ele estiver recebendo amigos para jantar em casa. Todos irão pensar que seu dono é um desalmado, que deixa seu cachorrinho em jejum.

Em último caso, uive desesperado diante da televisão quando estiver passando aqueles programas culinários ou um comercial de churrascaria.

## Como chamar a atenção 25 horas por dia

Cachorros conseguem ser mais carentes que os humanos. Enquanto os humanos anseiam por carinho, atenção e agrados 24 horas por dia, cães querem ser mimados 25 horas. E como nós não temos outros recursos para sublimar nossa carência — como se afundar no trabalho, jogar pôquer ou mergulhar na Internet —, é bom ter um estoque de truques para ganhar cafunés do dono.

Eu uso alguns clássicos como estes:

Se jogar de surpresa em seu colo; desamarrar os cordões de seus sapatos; trazer a bolinha, se se é filhote; babar de admiração; estender a patinha; latir de repente; suspirar profundamente; desligar a televisão; e, o infalível, imobilizar sua mão entre os dentes.

Faça sua própria lista, após observar atentamente os pontos fracos de seu dono. E não tenha medo de parecer muito sentimental, muito derramado, muito desamparado.

Cães e humanos são assim mesmo. Só que cães admitem e não disfarçam.

Eu tenho mais de 70 livros publicados, 5 ex-esposas, 87 tipos de flores no jardim, 4 mil alunos que já passaram por meus cursos de criatividade, 1 filho alto, forte e bonito, 118 prêmios de propaganda, 6 amigos do peito e mais de 20.000 dias de convivência com cães de todos os tamanhos e raças. Embora venho tentando, não sei se tenho feito algo na vida que torne o mundo melhor. Mas meus cachorros nunca reclamaram. Ao contrário das esposas, cães costumam aceitar com naturalidade as esquisitices de um escritor, como passar a madrugada inteira escrevendo, trocar o jantar romântico por uma palestra sobre literatura, gastar o suado dinheiro do mês num único livro antigo e raro, e se lembrar de um poema de vinte páginas, mas nunca de colocar gasolina no carro.

Talvez eu goste tanto de cachorros porque, nesta vida cigana de poeta, também me sinto meio vira-lata. Gosto de conhecer pessoas, viajar sem rumo e estou sempre carente de amor e pronto para uma farra ou um cafuné. Mas como tenho a cabeça muito ocupada e complicada, meus cachorrinhos (o de hoje e os que já tive) me ensinam todo dia, toda hora, como ficar de bem com a vida.

Tento ser um bom professor, um bom jornalista, um bom dramaturgo, um bom compositor, um bom publicitário, um bom escritor. Daí vem o Tutty Antônio, como vocês podem ver neste livro, e me mostra que eu só devo me esforçar para ser bom em algo realmente importante: em ser humano e bom para gentes e bichos.

Contatos com o autor
www.ulissestavares.com.br